D E A R　N O V E L

プ リ ズ ム

篠野 碧
Midori SASAYA

新書館ディアプラス文庫

S H I N S H O K A N

中学入学式

DEAR+NOVEL

プリズム

篠野碧
Midori SASAYA

新書館ディアプラス文庫

SHINSHOKAN

プリズム

目次

イラストレーション／みずき健

プリズム

秋の夕暮れ……真っ赤に染まった教室。普段だったら誰一人残っていないだろう時刻に職員室から戻った秋月稔人《あきづきみのる》をそこで迎えたのは、男女取り混ぜた数人のクラスメイトの談笑だった。一人を除けば丸々今週の掃除当番メンバーだから、掃除が終わった後にくだらない話で盛り上がっていて帰りそびれたというところだろう。

ポジション的にも輪の中心になっていたのは、明らかに掃除当番じゃなかった奴《やつ》。そいつがまだ教室に残っていた理由は聞かなくても解《わか》る。

稔人が溜息《ためいき》をつくよりも早く、周囲に人を集めた机に行儀悪く座っていた東克征《あずまかつゆき》は、戻ってきた稔人の姿に気づくとチョイチョイと手招いた。

どうせ一緒に帰ることになるのだし、拒否する謂《いわ》れもなく歩み寄ると、いきなりガシッと首の後ろに腕を回され、そのまま屈《かが》むように引き寄せられた。

突然のキスに、女子は嬌声《きょうせい》をあげ、男子は奇声をあげる。

「や〜ん、嘘《ウソ》ォ！　カメラ持ってくれば良かった〜っ!!」

「カッチンと委員長のキスシーンって、美味《おい》しすぎる、絵になりすぎるーっ!!」

「ゲーッ、マジかよ？」

「いくら相手が秋月だからって、男相手にまで節操なさすぎだぞ、東ァ」

重ねられた唇は、すぐに離れていった。唐突《とうとつ》に奪われたキスに、けれど稔人は文句をぶつけるよりも白けた視線を克征に向ける。

「——で？」

「いや、『で？』って聞かれても、……フィーリング…かなぁ？」

「阿呆《あほ》。俺は帰るぞ」

「あっ、待てよ！　おまえが戻ってくるの、待っててやったんじゃん」

「誰が待っててくれって頼んだ？　おまえの都合で待ってただけだろ？」

まるでキスの事実などなかったような掛け合いをした二人は、自分の席にカバンを取りに行きながらクラスメイト達に軽く別れの挨拶《あいさつ》をすると、肩を並べて教室を出て行った。

それを見送った面々は、それまでと話題を変えて再び雑談に花を咲かせる。

「あいつら、男同士でキスしたのに平然としてるもんな。フィーリングであーゆうことしちまうあたりは東だけど、秋月もしっかり東についていってってるあたりがさぁ」

「いくら親友っても、あの親友ぶりはすげーぜ。あれでちこっとでもホモっぽさがありゃ、面《おも》白《しろ》可笑《おか》しくからかえるのになぁ。あれだけあっさりしてると、からかおうって気にもなりゃしねぇ」

「でも、あたし、男同士のキスシーンて初めて見た！　もぉもぉ、カッチンと委員長って一緒にいてくれるだけで煩悩《ぼんのう》なビジュアルなのに、キスまでなんて〜♡…って、確かに見事すぎるぐらい色気はなかったけどね」

「いっそ、ホモの色気がほしいぐらいよ。フィーリングったって、カッチンのフィーリングがどこからきたのか解りやすすぎるんだもん。あー、ムカつく」

「おいおい、平野《ひらの》ォ。ムカつくのは鏡見てからにしろよ」

「キーッ、あんたもムカつく！」

本来なら、いくら倒錯的雰囲気《とうさくてきふんいき》がなかったとしても、男同士がキスしたこと自体をもっと騒がれてもいい筈《はず》なのに、微妙に論点がズレている。

『男同士で信じらんねーっ』

『気持ち悪〜い』

真っ先に出るのが自然なそんな台詞《セリフ》さえ出てこない、自然体でキスまでこなす親友同士。もっとも、二人がキスするのを見るのは彼等も初めてだったのだけど、それでも必要以上の驚きを持たせないのは、日頃から二人が周囲に与えている印象によるものだろう。

親友を誇示《こじ》してベタベタしてる訳《わけ》じゃない。どちらかといえば淡白なスタイルは素っ気無《そけな》さすらあるほどだ。でも、だからこそ、二人には気の置けない親友同士というイメージがより強くなっている。

「まぁ、東だったら相手が秋月じゃなくても、冗談で男にキスしそうだけどな」

「カッチンは人懐《ひとなつ》こいから。でも、委員長への態度は違うのよね」

「それ言ったら、委員長もよ。皮肉な言い回しは多いけど、いつも優しい委員長がカッチンには結構冷たかったり」

「でも、それが『特別』って感じなのーぅ」

言葉にすると『それのどこが親友なんだ？』と突っ込みたくなるような指摘すらが、理屈よりも感覚で二人の関係を納得させられているという感じだった。

それを証拠に――…。

「そーいや、今日も東は秋月ん家《ち》にメシ食いに行くんだろ？　いくら東でも、秋月以外の野郎の家に当たり前みたく年中晩飯食いには行かないよな」

「委員長だって、カッチンじゃなきゃそんなの許さないでしょ？　食堂代わりになるなんて」

「……カッチンの目的は、夕食だけじゃないんだろうけどね」

そんな最後の一言で、話題は克征のフィーリングの発端である振り出しに戻っていった。


まだ帰る気のなさそうなクラスメイト達を教室に残して廊下《ろうか》に出た稔人は、隣を歩く克征に顔も向けないままで言った。

「お互いに掃除当番じゃない時なんかは自然と一緒に帰ってるけど、おまえがわざわざ待ってたってことは、今日もおじさんとおばさん、いないのか？」

「そうそう、親父は出張中だし、お袋は夜勤なんだわ。んで、晩飯が困ったな～…と」

「メシ代はもらってるくせに。だったら、せめて、朝のうちに言えよ。うちの母親だって、食事の用意の都合があるだろ？」

「悪ィ悪ィ、うっかりしてて」

「おまえはいつもうっかりしてんだよな」

妥当《だとう》な文句から始めた稔人は、そこからの流れに託《かこつ》けて、さり気なく先刻のキスに話題を移す。

「人ン家《ち》にタダメシは食いに来るし、いきなりキスはするし、まったく迷惑な男だよ。大体、フィーリングってのはなんだ？　どっからきたフィーリングだったんだ？」

「あれ？　その話は『阿呆』で終わったんじゃなかったっけ？　まぁ、いいけど。ん〜……ちょっとあいつらと我校のマドンナの話で盛り上がっててさ。そこにおまえが帰ってきたもんだから、ついフラフラ〜っと、こう――…」

そこで先刻と同様に双眸《そうぼう》を軽く閉じて、克征は再度稔人の唇を掠《かす》め取《と》った。

一瞬のキスから唇を離してゆうるりと双眸を開けた克征の目前、今回も瞼《まぶた》を閉じなかった稔人の無表情な顔がある。

女顔という訳ではないが、男臭《おとこくさ》さもない顔を引き立てる鳶色《とびいろ》の瞳。色素の薄い細めの髪が、これまた端整な顔立ちを引き立てている。

女なら嬌声をあげて当然という美形が、髪を癖毛《くせげ》にさせて伸ばし、この大人っぽさを幼さに変えたら、そのまま野郎共の騒ぐ少女の顔になるのが不思議だ。いや、血の繋《つな》がりがあるのだからそんなに不思議がることもないのか？　しかし、ここまで似ているのは酷《こく》というものである。

それに克征がガックリと項垂《うなだ》れる前に、稔人は容赦《ようしゃ》なく言った。

「そこで俺にフラフラ～とくるなんて、哀《あわ》れなぐらい煮詰まってるな」

「俺が煮詰まってるってより、おまえらが似すぎてるんだよ。はぁぁあっ、これが栞《しおり》ちゃんだったらなぁ。ったく、兄妹でそっくりなくせして、なんだっておまえは男なのよ？」

「俺はあんなにチビじゃないいし、霞《かすみ》を食べて生きてるようなタイプでもないぞ」

「そーりゃ、おまえの身長は俺とも一～二センチしか違わない訳だし、こんなシニカルなタイプが霞食って生きてたら引っ繰り返っちゃうけどね」

「だったら、キスなんてものは栞相手にしろ。こんなのは男同士ですることじゃないだろ？」

「栞ちゃんにいきなりキスしてもＯＫだと思う？　それで落ちてくれっかな？」

「泣かれて嫌われて終わりだろうな」

「はぁぁあっ、切ないよなぁ」

盛大な溜息をつきまくる克征に、稔人は今更《いまさら》ながらの不満を口にした。

「切なくなるのは勝手だけど、おまえと違って俺には男とキスする趣味はないんだからな。栞と顔が似てるってだけでキスされた、この貸しは大きいぞ」

それも人前で…と睨《にら》みを入れた稔人に、しかし、克征は悪びれようともしない。

「いいじゃん。男とかなんだとかに拘《こだわ》んなくても、たかがキスの一つや二つ、減るもんでもあるまいし」

「減ったね」

「何がよ?」

「少なくともこれで、俺はファーストキスとセカンドキスをなくした訳だからな」

その一言には、流石《さすが》の克征もギョッと目をむく。

「ファーストキス? モテるくせに女っ気のない奴だとは思ってたけど……マジかよ?」

「俺は誰かさんみたくタラシじゃないんでね」

「高二にもなって、キス=《イコール》タラシはないんじゃねーの?」

「誰がキスだけでおまえをタラシ扱いした? 実績ありまくるくせしてとぼけるな」

「栞ちゃんに惚《ほ》れてからは、健全な生活してるじゃん」

「どうだか」

叩《たた》き合《あ》う軽口。それが稔人にとってのファーストキスだと知っても、克征は驚きだけで済ませて詫《わ》びようという気配すら見せない。また、稔人も恨《うら》みがましく責めようとはしなかった。

気の置けない親友同士。自他共に認めるその関係を克征も信じて疑っていなかったから、ポーカーフェイスの下で稔人が二回のキスに思い切りドキドキしていたなんて思いもしない。

稔人にとっては、教室だけでなく廊下までを染め上げる夕陽が、思いがけないファーストキス以上にラッキーだった。

(栞に惚れてるこいつにキスされてときめいてるなんて知られるぐらいなら、舌噛《か》んで死んだ方がマシだ)

ファーストキスの相手が男であったことに拘るよりも、夢にも期待できなかった克征とのキスを二回もできたことが嬉《うれ》しかったなんて、そんな気持ちは絶対に見せない。

残酷な冗談だと傷つくぐらいなら、克征の唇が触れる前に最初から拒絶していた。それでも、このラッキーはちょっと切ない。だけど、その切なさこそを見抜かれたら、親友ではいられなくなってしまう。

どんなに感情が波立ってもなんでもないふりができるのは元からあった性質ではなかったが、少なくとも性格と言えるぐらいまでの慣れは稔人にとってもう一つの皮肉なラッキーだった。

校門を出て、自宅まで徒歩二十分の道のり。それでも連絡しないよりはマシだろうと、稔人《みのる》は途中の公衆電話から電話をかけ、母に今夜の夕食の用意がもう一人分追加になったことを伝えた。

「お待たせ」

受話器を公衆電話に戻し、テレフォンカードを抜いて振り返ると、いた筈《はず》の克征《かつゆき》がそこにいない。

毎度お決まりのパターンだ。

「悪い、待たせたか？　んで、いきなりで、おばさん、迷惑してなかった？」

戻ってきた克征の手には、親から渡された食費に確実にポケットマネーを上乗せして買ったのであろう花束。

「迷惑、ね。おまえ、自分が母さんのお気に入りだって知ってるから、毎回こーゆうことしてるんだろ？　大体、今更《いまさら》そんなことを気にするんなら、最初から遠慮《えんりょ》しとけ」

「容赦《ようしゃ》ねーの」

「当たり前だ。それにしても、毎度マメだな」

呆《あき》れた顔で花束を見る稔人に、克征は「ふふん」と笑う。

「晩飯ご馳走になるんだから、手土産《てみやげ》ぐらいは持ってくって。花だったら、栞《しおり》ちゃんも喜ぶしな」

稔人は軽く嘆息《たんそく》すると、戻ってきた克征と肩を並べて歩き出す。

「学生服で片手にカバン、片手に花束なんて、よく恥ずかしくないな？」

「恥ずかしい？　なんで？」

「――…解《わか》った、もういい」

タラシをやってただけあって、こういうところの感覚は既に麻痺《まひ》して久しいらしい。

(タラシってより、こいつの場合はジゴロのが近かった気がする)

女で遊ぼうと思ったら金がかかるもの。中流家庭の高校生が自由にできる金額なんて高が知れている。克征の場合、女と付き合うことで収入こそ得てなかったものの――…。

『俺の女友達って、OLが多いからさ。全部向こう持ちだよ。男としてのプライド？　金持ってない高校生に出費させるなんて、それこそが社会人の恥《はじ》っしょ？　年上の女って、金銭面だけじゃなく、色々と楽なんだよな。なんだったら、おまえにも何人か紹介してやろうか？　ナイスな社会勉強だぜ』

それを聞いた時は稔人も二の句が継げなかった。我に返ると同時に紹介は辞退したけれど、克征に対する自分の気持ちに自覚がなかった頃であっても呆れすぎて説教する気さえ起きなかった。

もっとも、それが博愛主義の恋愛感情だったとしたって、自分の気持ちを自覚してしまった現在は尚更、説教なんて干渉《かんしょう》で墓穴を掘る気は毛頭《もうとう》ない。

東《あずま》克征のアドレス帳は、一冊丸々女の名前で埋《う》まってるので有名。金はないし、青い年齢だし、そういう女友達がアドレス帳一冊分もいるというのは理屈的には不自然なのだけれど、それを感覚で納得させるだけの魅力が克征にはあった。

未《いま》だ成長を止めていない百七十五センチの身長に、スポーツマンタイプのハンサム。そして、能天気な態度に反して頭の切れもいい。かてて加えて、女性の喜びそうなことを媚《こび》を売るではなくナチュラルにこなすフェミニスト。大人の女には、高校生《ティーンエイジャー》ということすらがその魅力に拍車をかけているのかもしれない。

東克征は峯岸《みねぎし》高校一のプレイボーイ…という評判は、決して悪評じゃなかった。だからこそ、タラシらしいタラシよりも余程質《たち》の悪いタラシと言える。この魅力にクラリとこない女は、根っからボーッとしている栞ぐらいのものだろう。

「おまえに独自のプレイボーイ美学があるとは思えないけど、今まで同じ学校の女共《やつら》だけは相手にしなかったのにな。おまけに大の年上キラーがよりによって栞に惚《ほ》れるとはね」

「俺だって意外だよ。栞ちゃんみたいなタイプって、どっちかってーと苦手だと思ってたしさ。でも、男って古典的な清純派に弱いもんなんじゃねーの？　だから、他の野郎共も栞ちゃんに騒いでるんだろうし」

「まぁね。俺の友達で栞に興味すら持たなかった奴《やつ》って、一人もいなかったしな」

「そうか？　金田《かねだ》とか沢井《さわい》とか、栞ちゃんの良さすら解らない奴も結構いるじゃん」

クラスメイトと友達は違う…と、あえて稔人は口にしなかった。

そんな会話を克征と交わしながら帰宅した稔人を玄関で出迎えたのは当の栞だった。

「お帰りなさーい。東さんも、いらっしゃい」

百五十センチそこその身長、ふわふわの髪に砂糖菓子のような笑顔。それに目を細めながら、克征は手にしていた花束を差し出した。

「私服姿も可愛《かわい》いね。はい、これはお土産」

「わっ、きれーい！　ありがとう、東さん」

嬉しそうに花束を受け取った栞は、思い出したように稔人へと顔を向けた。

「そういえば、今日はどうして帰りが遅かったの？　お母さんと二人で、ちょっと心配しちゃった」

「心配って……子供じゃないんだから」

「でも、お兄ちゃん、遅くなる時は必ず電話するじゃない」

「掃除当番の後に、担任から職員室に呼ばれてたんだよ」

「え？　お兄ちゃんが？」

「次期生徒会長への立候補を薦《すす》められてね。クラス委員を引き受けたんだからってなんとか逃げたけど、しつこくて参ったよ」

「でもでも、そーゆうのやっといた方が、受験の時、内申に有利になったりとかってあるんじゃない？」

「担任にもそう言われたけど、品行方正、学術優秀で内申にはもう充分」

靴を脱いでスリッパに履《は》き替《か》えながら言った稔人に、栞は小首を傾《かし》げて小さく苦笑する。

「それを言い切れちゃうのがお兄ちゃんだよね。あたしなんてどんくさいし、頭も良くないし、自慢できるようなことなんて何もないし。兄妹…なのになぁ」

自嘲《じちょう》であってさえ栞の笑顔は可愛い。手にした花が、その可愛さをより効果的に引き立てる。

そんな栞に、稔人に続いてスリッパへと履き替えた克征の方が実の兄であるように、にっこりと笑って栞の頭をクシャリと掻《か》き混《ま》ぜた。

「女の子は素直で可愛いのが一番。栞ちゃんがこいつみたいだったら、全然可愛くなくなっちゃうよ」

「……東さん……」

克征のフォローに、栞ははにかみながら二人に背を向けると、ダイニングキッチンへと向かう。

「お花、お母さんに活《い》けてもらってくる。二人とも早く来てね。今日のお夕食のちぐさ卵とデザートはあたしが作ったの」

二階にある自室に行くのに半分まで階段を上っていた稔人は、栞の後ろ姿に手を振って見送ってからようやく階段に来た克征を感心とも呆れともつかない表情で見下ろした。

「流石《さすが》はコマシ。さり気なくポイントを稼《かせ》ぐな」

その皮肉の真意に気づくことなく、克征はニッと口角を引き上げて親指を立てた。

「今日は東くんが来てくれて助かったわ。お父さんたら、取引先の人と食事してから帰るなんていきなり電話してくるんだもの」

稔人の部屋で学ランを脱ぎ、ダイニングテーブルについた克征は、目前に座っている稔人の母から言われて、イカの漬《つ》け焼《や》きに伸ばしかけていた箸《はし》を止めた。

「いえ、俺こそ、いつも突然押しかけてきてすみません」

殊勝《しゅしょう》に詫《わ》びながらも、『遠慮なんてしなくても全然OKじゃん』というニュアンスで克征は隣で食事をしている稔人の肘《ひじ》を肘で小突く。

そのやり取りに気づかない母は、克征の言葉を真に受けてにこにことしながら言った。

「あら、我家《うち》はいつでも大歓迎よ。でも、今日もお母様は夜勤なの？　看護婦さんって大変ね」

「親父の稼ぎだけで充分な筈なんですけど、お袋にはあれが天職らしいです。子供の頃と違って、夜両親がいないのを淋《さび》しがるような年齢《とし》でもないし」

「え？　それじゃ、今夜はお父様もいらっしゃらないの？」

「仕事魔人ですからね。家に帰ってくる方がめずらしいですよ。天職ってだけじゃなく、だからお袋も看護婦続けてんのかな？」

親父に相手してもらえなくて暇持《ひま》て余してんですよ…と、何を気にしたふうもなく笑いながら言った克征に、専業主婦の母は勝手に不憫《ふびん》さを感じでもしたらしく、勢い込むようにテーブルへ身を乗り出した。

「だったら、今日は泊まってらっしゃいな」

「え？　でも、いいんですか？」

「東くんならいつでも大歓迎だって言ったでしょ？　なんだったら、うちの息子になる？」

「あ、いいですねー。おばさんの息子で、栞ちゃんの兄貴ってのは美味《おい》しいなぁ。如何《いかん》せん、稔人と兄弟になるってのがマイナスポイントですけど」

そんな会話で笑い合う母と克征に、母の隣で栞もにこにことしている。

「俺だって克征みたいな弟はゴメンだね」

「どーして俺が弟？　俺は七月生まれで、おまえは十一月生まれじゃん。弟になるならおまえだろ？」

「こんな兄貴なんて、もっとゴメンだよ」

稔人が口を挟《はさ》んだ途端に、克征とは冗談ごかしの憎《にく》まれ口《ぐち》。それにさえ母と栞は可笑しそうに笑っている。

それはいつものパターンで、だから、いつもだったら最後までこの和気藹々《わきあいあい》としたムードに付き合うのだけれど……。

稔人は茶碗に残っていた最後の一口を頬張《ほおば》ると、それを味噌汁《みそしる》で流し込んで席を立った。

「ごちそうさま。それじゃ、俺、風呂入ってくる」

「お兄ちゃん、デザートは？」

「おまえ、メシ食ってすぐに風呂入るのかよ？」

「稔人、せめて三十分は食休みしてから入りなさい」

栞、克征、母に次々と言われたものの、稔人は一度立った席へと座り直さない代わりに、

「デザートは風呂出てから食うよ。普段だったら、メシの前に風呂を済ませないと気分悪いんだけど、今日は帰りが遅かったから。んで、三十分も食休みしてたら風呂に入るのが面倒になる」

と、一つ一つ律儀《りちぎ》に答えた。

それに、母と栞は『仕方ない』という表情で中断していた食事を再開したが、克征はおどけたように手にしている箸で稔人を指す。

「んじゃ、これ食い終わるまで待ってろよ。俺、泊まってくことになったんだし、どうせなら一緒に入ろうぜ」

「阿呆《あほ》」

「また阿呆扱いかよ」

「阿呆なんだから仕方ないだろ？」

何事もなかったふりでなんでもないふりはできるけど、やっぱりそれでも……少しだけあのキスを引《ひ》き摺《ず》っているらしい。

栞がにこにこしながら克征を見ている。克征が栞の前で母に対してまでポイントを上げている。そんないつものことが、今日はちょっとだけ気持ちに引っ掛かるから風呂を逃げ場にしたのに、『一緒に入ろう』なんてギクッとすることを無邪気に言わないでほしい。

無論、この程度のことでボロを出したりはしないけど。

「それじゃあ、稔人、お風呂入る時に東くんの着替えも用意しといてあげなさい。それと、お布団、客室からあんたの部屋に運んで……」

「おばさん、俺、いつも客用布団なんて使わないじゃないですか」

「じゃあ、今日も稔人のベッドでいいの？」

「こいつのベッドってダブルだから、俺が潜《もぐ》り込《こ》んでも問題ナシ。それに、客用布団使うと干したりシーツの洗濯《せんたく》とかしなきゃいけなくなるでしょ？」

「悪いわね。でも、そう言ってもらえると助かるわ」

「年中転がり込んでるのに、その度《たび》におばさんに手間かけさせてたら転がり込みにくくなりますから、俺もこの方が楽なんですよ」

泊まりのことといい、寝る布団のことといい、母と克征は二人でさっさと決めてしまう。それもいつものことで、それにドキッとしながら、動揺《どうよう》しながら、それでも嬉《うれ》しいなんて気持ちを稔人が微塵《みじん》も見せないのも然《しか》り。

「そんで、いくらベッドがダブルだからって、デカくて寝相の悪い奴にベッドの三分の二を占領されて、俺だけが被害をこうむるんだよな」

稔人はその悪態で会話から抜けると、さっさとダイニングを後にした。

稔人が風呂に行ってしまうと、母はレンコンのきんぴらを口に運びながら、意外な方向へと話題を変える。

「本当に稔人は皮肉屋なんだから。東くんがこうして頻繁《ひんぱん》に遊びに来てくれるようになってホッとしたわ。母親としては稔人に友達がいないんじゃないかと心配してたのよ」

それに、栞も克征も啞然《あぜん》とする。

「そういえば、お兄ちゃんって東さん以外の友達を我家《うち》に連れてきたことないけど、だからってお兄ちゃんに友達がいないなんてそんな心配してたの？　やぁね、お母さんの取り越し苦労よォ」

「そうですよ。あいつ、あれでも外面《そとづら》は良いし、案外と面倒見も良かったりするし。それに、友達がいないようなタイプなら、クラス委員にも選ばれてないでしょ？　クラス委員って成績だけでなれるもんじゃないですからね」

母はきんぴらで口をモゴモゴとさせながら「う〜ん」と唸《うな》って天井《てんじょう》を見上げた。

「もしくは、稔人が友達を作れないっていうか、必要としてないっていうか……なんて言ったらいいのかしら？　あの子、ちょっと人間不信みたいなとこ、ない？」

それこそに、栞と克征は度肝《どぎも》を抜かれた。

「お兄ちゃんが人間不信？」

「稔人が…ですか？」

思いもよらないことを聞いたとばかりに聞き返した二人の反応に、母は今度こそ安堵《あんど》の表情で微笑《ほほえ》んだ。

「二人がそう言うなら、やっぱり私の取り越し苦労ね。今の話、稔人には内緒よ。絶対に『勝手に馬鹿なこと言うな』って怒られちゃうから」

そして、こう付け加えた。

「あれから随分経《ずいぶんた》ってるし、東くんとは一緒のベッドで寝るぐらい仲が良いんだもの。それで友達が作れないもないわよね」

部屋を大きく陣取《じんど》っているダブルベッド。稔人の本棚にずっと探していた推理小説を見つけた克征は、当たり前のようにそれを持ってベッドに入る。

克征の読書に付き合う筋合いはないとばかりに、ベッドの壁際に身を横たえた稔人は背中を向けてさっさと寝てしまった。

ベッドに取り付けられている読書灯の淡い光の中、枕《まくら》を腰に当てた座り姿勢でようやく文庫本を読み終えた克征は、ふとそれを思い出す。

(人間不信…ねぇ)

教室にいる時の稔人にそんな様子はなかったし、少なくとも克征はそれに気づかなかった。

その時、稔人がコロンと寝返りを打った。無意識の手が克征の太股《ふともも》にかかり、温《ぬく》もりを求めるように身体《からだ》が摺り寄せられる。

克征は稔人の寝顔をマジマジと見つめた。

(睫毛《まつげ》…長いな。でも、目を閉じるとちょっときつい印象になるか？　そりゃ皮肉屋ってのはかなりなもんだけど、こいつ、いつも笑ってるような優しい瞳《め》してんだよな。実際に愛想《あいそ》良い笑顔してる時のが多いし、声音も物言いも言ってる内容に反比例して甘かったりするし。――俺以外には……)

そこで不愉快《ふゆかい》な気分が込み上げてきた克征は、腹癒《はらい》せに稔人の鼻をムギュッと摘《つま》んだ。

「ん……んん…っ……」

稔人は眉間《みけん》に皺《しわ》を寄せて小さく呻《うめ》いたが、目を覚まそうとはしない。こんなにしっかりと鼻を摘まれても起きないなんて、安心しきっているのだろう。

途端、不愉快な気持ちはスッと消えて、逆にくすぐったいような感覚が生まれてくる。

親友なんて自覚した友達は初めてだから、少しだけ贅沢《ぜいたく》になってムッとしてみただけだ。稔人が自分にだけ愛想が悪いのは決して悪い意味じゃないことぐらい解っているし、それさえ解ってないようなら親友なんてものもやっていない。

（人のこと寝相が悪いとか言っといて、いつも熟睡《じゅくすい》カッ飛ばしてるじゃんか。大体、人間不信の奴が、男同士でキスするほど仲の良い友達なんて作らないって。……なんてこと言ったら、おばさんに卒倒されるかな？）

鼻を摘んでいた指を離し、そのまま唇の輪郭《りんかく》をなぞる。

『でも、なんで稔人が人間不信だなんて突拍子もないこと思ったんです？』

『偶然…ね。稔人が中二の時だったかしら？　買い物に行く途中で学校帰りの稔人を見かけたの。何人かの同級生らしい子達と一緒だったんだけど、その時にふっとね、感じたの』

『はぁ……』

『自分でもなんでそんな印象受けたか解らないんだけど、でも、何故だか強烈な印象だったから、あれから三年も経つのにずっと気になってたのね。具体的に何があったっていうんじゃないから稔人には聞けないし。結局は取り越し苦労だったんだからいいんだけど』

そういうのを過保護っていうんですよ…とまでの軽口は、流石の克征も叩《たた》けなかったが、人間不信ではなく情緒《じょうちょ》欠落というなら多少は説得力があったかもしれない。

（今日のアレがファーストキス、だってんだからな）

何度キスを交わしたか憶《おぼ》えてないどころか、何人の女とキスしたかも判《わか》らない克征でさえ、ファーストキスの特別さは一応憶えている。同時に、『なんだ、こんなものか』という感想も持ったけれど、稔人ほど無頓着《むとんちゃく》にファーストキスを済ませたりはしなかったし、あんなに簡単にセカンドキスまで許すなんて……。

描いたような形良い薄い唇。肌理《きめ》細かな肌《はだ》。人形のように綺麗《きれい》な顔。

秋月《あきづき》稔人はルックスだけで、高校入学当初から女生徒の注目の的《まと》だった。それに加えて、成績は学年トップクラス、スポーツも万能とくれば、女子が身近なアイドル扱いするには打って付けだ。

そして、今年入学してきた栞のはにかんだ笑顔は、実際、テレビ画面に映《うつ》るアイドルにさえ負けていない。大半の男が古典的清純派に弱く、そうなれば栞がマドンナ扱いされるのも当然な訳で――…。

綺麗な綺麗な秋月兄妹。単独ですら異性の注目を浴びるには充分なのに、兄妹《セット》となれば話題性も格段に上がる。もっとも、本人達はそういうことにとことん無頓着だったりするのだが。

(兄妹だけあって、本当に似てるよな。稔人はビスクドール、栞ちゃんはリカちゃん人形って感じだけど)

何の気なしにこの唇に唇で触れた。そりゃ、男相手にキスするのは克征だって初めてで、でもそれは、今まで男相手にキスなどという冗談をする機会がなかっただけのことだ。それでも冗談で気兼ねなくキスできるまでに近い同性は、稔人以外に思い浮かばない。

改めて気まぐれが起こった…という認識もなく、克征は覆《おお》い被《かぶ》さるように身を屈《かが》めると、稔人の寝息に引かれるようにしてそっと唇を重ねた。

直後、弾《はじ》かれたように上体を起こす。

(だからって、寝てる稔人相手にまで何やってんだよ、俺?)

自己嫌悪よりも驚きと疑問。けれど、疑問に関しては解りやすい答えが用意されていたから、克征はぽりぽりと頭を掻いた後、放ってあった文庫本をベッドヘッドの棚に置き、読書灯を消して布団の中に潜《もぐ》り込《こ》む。

「ったく、栞ちゃんと似すぎてんだよな、稔人は」

眠る態勢に入りながら、あえてそれだけを声《おと》にしたのは、意識的な無意識の極《きわ》みだった。


「秋月《あきづき》、数学の予習やってきてるだろ? 俺、次当たるんだよ。悪い、ノート見せてくれ～っ」

休み時間、小島《こじま》が稔人《みのる》の背後から縋《すが》りつく。おんぶオバケのような小島を背中に貼《は》り付《つ》けたまま、稔人は机から数学のノートを出すと、後ろも振り返らずにノートで小島の頭をパコンと叩《たた》いた。

「当たると判《わか》ってるところぐらいちゃんとやってこい。俺の労力でピンチを切り抜けるの、これで何度目だ？」

「感謝！　学食のサービスランチ券ぐらいは贈呈《ぞうてい》しよう」

「次回は食券一綴《ひとつづ》りだぞ」

ノートを手にすると、キャッシュな笑顔で小島は稔人から離れた。それには稔人も、「やれやれ」という様子で穏やかな笑みを返す。

そこで間を置かず、三人の女子が連れ立って稔人の席へと向かう。

「あ…あの、委員長。小島の後で言いにくいんだけど、今日の放課後提出の古文の宿題、あたしたち全滅なのよ」

「みんなしてやってこなかったのか？　提出期限まで一週間近くあったじゃないか」

「じゃなくて、解釈《かいしゃく》不能のとこが被《かぶ》っちゃって……。だから、参考にちょっとノートを見せてもらえないかな〜…って」

友人代表で稔人にヘルプを求めた渡辺《わたなべ》が拝むようなポーズを取るのに、稔人は机の中から仕方なさそうに今度は古文のノートを引っ張り出す。

「提出日《きょう》になってそういうことを言ってくるあたり、提出日前日《きのう》になってから慌《あわ》てて手をつけたんだろ。提出期限まで間がある宿題は余裕を持ってやりましょう。俺が解《わか》るところなら、ボランティアで相談に乗ってやるから」

教師みたいな説教をたれながら、それでも稔人は女受けの良い優しい笑顔を添えてノートを差し出した。

「ありがとーぅ！　学食のサービスランチ券ぐらいなら、あたしも提供しちゃうっ」

「今日の分は小島からせしめたし、一日だけでも自力の努力を認めましょ」

いつもと変わらない稔人。いつもと同じ皮肉な口調と、それに反比例したやわらかな声音と微笑《ほほえ》み。

稔人の母の言葉を聞いて、この数日は意識して稔人を見ていたけれど、人間不信なんて印象は微塵《みじん》もない。

（おばさんの勘違《かんちが》いだって、最初から判ってんのに、俺も何を気にしてんだか）

そんな克征の視線に気づいた稔人は、自分の席を立つと克征のところにやってきて、克征の机に手をついた。

「最近、やけに熱い眼差《まなざ》しを感じるんだけどな？　いくら似てても、俺は栞《しおり》じゃないぞ」

視線の意味を言う気なんて更々《さらさら》ないから、克征はあっさりと話を合わせた。

「そうは言っても、これが本物の恋ってヤツなのかねぇ。好きな女と似た顔が傍《そば》にあれば、自然と熱い視線も行っちゃう訳《わけ》よ。俺ってば、もうメロメロだね」

咄嗟《とっさ》に誤魔化《ごまか》した克征に、稔人は容赦《ようしゃ》なく白けた眼差しを向ける。

「メロメロって、もう死語じゃないか？　タラシの純愛ってのも、中々に陳腐《ちんぷ》だけどな」

「言ってろ」

稔人の毒舌に、唇を尖《とが》らせたタイミングで、克征はすっかり忘れていたそれを思い出した。

「そうだ、俺、屋内プールのチケット二枚もらったんだわ。今度の日曜に行かないか？」

「ふぅん。別に予定は入ってないし、この夏は一度も泳ぎに行かなかったから行ってもかまわないけど、男同士でプールってのも不毛だな。顔が似てるだけの俺より栞本人を誘った方がいいんじゃないか？」

「彼氏でもない男と二人っきりでプールに行ってくれっかな？　栞ちゃんの水着姿が拝めるなら、もらいもんで誘ったりしないで自腹切ってもＯＫだけどさ」

「——俺にしておくのが無難だろうな」

そんな会話を交わす二人に、教室にいる女子達がコソコソとミーハーする。

「委員長とカッチンのツーショットって、やっぱり煩悩《ぼんのう》〜」

「あたし、このクラスになれて超ラッキー。三年になる時はクラス替えないしね」

「そーいえば、こないだの放課後、委員長とカッチンったら冗談でキスしてくれたって雅美《まさみ》が言ってたよ。居残っててラッキーだったたって、もぉ大自慢」

「えーっ、いつーっ⁉　あたしも残ってれば良かった〜っ」

「ただ、カッチンも委員長の妹にホの字ってあたりがね」

「モテる娘《こ》ってのはモテるのよね。だからって何もカッチンまで他の男子と同じ女に熱上げることないのに」

「カッチンが委員長の妹にゾッコンなのは有名だもん。今更今更」

それは教室の端での囁《ささや》き合《あ》いで、稔人の耳に届いていたかどうかは判らない。

しっかり聞こえてしまった克征も、

(メロメロよりも、ゾッコンのが死語っぽくねーか?)

の感想だけで、聞こえなかったふりを決め込んだ。


(克征と二人で、プール、か)

誘われた瞬間にドキドキして、緊張して、だけど、どうしようもなく嬉《うれ》しい。それは、泊まりに来た克征と一緒に寝る時の感覚とよく似ていた。

ベッドに入るまではドキドキで、内心では緊張しまくっているのに、しばらくすればその温《ぬく》もりが途轍《とてつ》もなく心地《ここち》好くて、いつもよりずっと深い眠りにつける。

それと唯一《ゆいいつ》違うのは、遠足前の子供のように、妙に気分が高揚《こうよう》して、今日はあまり眠れないかもしれないということ。年甲斐《としがい》もなく馬鹿みたいだとは思うけど、嬉しい気持ちの理由はプールじゃなくて克征だから、日曜日が楽しみでたまらない。

（栞みたいな性格だったら、誘われた瞬間に嬉しい全開でありがとうを言ってるんだろうけどな）

夕食後に戻った自室。上がりすぎているテンションに自己規制して、自ら水をさすようなことを考えながら、稔人はタンスの奥から水着を出した。

（こんなの、土曜《ぜんじつ》に用意すれば充分なのに）

水をさして、皮肉って、それなのに嬉しい気持ちが止まらない。思わず顔がゆるみそうになったタイミングで、ノックの音が稔人の鼓膜《こまく》を叩《たた》いた。

「お兄ちゃん、ちょっといい？」

開いたドアからひょっこりと顔を出した栞は、稔人が手にしている海パンにキョトンとする。

「この時期になんで水着なんて出してるの？」

「屋内プール。今度の日曜、克征に誘われたんだ。それより、用があるんだろ？」

「う…ん」

栞は部屋に入って静かにドアを閉じると、勉強を教わりにきた時以外の指定席であるベッドへとちょこんと腰掛けた。

稔人は出したばかりの水着を今度はタンスの手前にしまい直してから、栞の隣に座る。

「何？」

「う…うん、え…っとね。その……お兄ちゃん、東《あずま》さんと仲良いね。お兄ちゃんの仲良い友達って、あたし、東さんしか知らないけど、同じクラスの女の子達にもお兄ちゃんと東さんのファンって多くて、ツーショット隠し撮《ど》りして持ってる娘《こ》とかも一杯いて…ね」

それを言うなら、男子の間での栞の立場も同じじゃないか…と突っ込むよりも、わざわざ部屋を訪ねてきた割に突飛《とっぴ》過ぎる話題とどうにも要領を得ないところに嫌な予感がして、稔人は眉《まゆ》を顰《ひそ》めた。

「二人ともカッコイイ…もん。妹のあたしが言うのもなんだけど、お兄ちゃんカッコイイし、東さんも……」

「栞?」

「あ…東さん、すごいプレイボーイで、でもそこもカッコイイって、里美《さとみ》ちゃんが……。で…でも、あたし、東さんってそんなふうに見え…ない…し……」

元々、歯切れ良くちゃきちゃきと要点を喋《しゃべ》るタイプではないが、イライラするぐらい言いよどむ栞は、それでもようやく本題を切り出した。

「あ…あのね、東さんて、今、付き合ってる人いるの…かな? 東さんの好きな人って……お兄ちゃん、聞いてる?」

言った途端、栞の顔がカァァァッと紅潮《こうちょう》する。それを稔人は妙な非現実感をもって見つめた。

悪い予感に限って当たるものだ。でも、何がなんだって？　栞が克征を……好き？　そりゃ、克征を見る栞の瞳を思い出してみれば思い当たらなかったのがおかしいぐらいで、だけど、栞は誰に対してでも好感度の高い笑顔を見せる娘で――……。

好き？　克征と……両想い？

克征が栞を好きなのはうんざりするぐらい思い知らされている。克征が栞を好きになったのは、いつものパターンだ。でも、栞までが克征を好きなんて、そんなパターンは今までなかった。こんなパターンは想定していない。

愕然《がくぜん》とする稔人に、栞は赤く染まった顔を泣き出しそうに歪《ゆが》めて俯《うつむ》いた。

「お兄ちゃんがそんな表情《かお》するなんて、失恋決定…ね。あ…あたしみたいになんの取得もないどんくさい娘、東さんみたいな人が相手にしてくれる訳…ないって…最初から解ってたんだけど……」

確かにどんくさいというか、天然というか。

自分がどれだけ男にモテるのか、まったく自覚していないのか？　克征は栞への気持ちをオープンにしているから、それは有名な話だ。なのに、栞はそれも知らないのか？

とぼけてしまおうと思いつく前に、稔人はロボットにでもなったような感覚で微笑み、その言葉を口にしていた。

「どうして失恋決定？　栞に好かれて嫌がるような男がいたら、是非《ぜひ》一度お目にかかってみたいものだよ」

「お兄ちゃん、それって身内の欲目。あたしなんて……」

「取り得がないって、どこが？　手芸も料理も充分取り得だよ。特に料理なんか、物によっては母さんが作るのより美味《うま》いじゃないか」

一言……たった一言、『克征が好きなのも栞だよ』と言ってしまえば済むこと。それでも、その一言は喉《のど》の奥に貼り付いて出てこない。

「大体、そんな特技がなくたって、男だったら誰だって栞を可愛《かわい》いと思うよ。男子からそういうこと、言われてるだろう？」

「……でも……それは……」

そして、ここでとぼけて誤魔化したって結果は一つだ。二人は両想い。それだけが結果だった。

「自信、持ってもいいんじゃない？　克征の気持ちを俺が勝手に喋る訳にはいかないから、今はそれしか言えないけどね」

それは、克征の気持ちを伝えたも同じ言い回し。それでも栞が上げた顔は、半信半疑のようだった。

誤魔化すだけ、自分が惨《みじ》めになる。だけど、ストレートに克征の気持ちを栞に伝える気にはなれない。

判っている結果を、それでも自分で決定付けられなくて、それでも解り切っている結果に自分で引導を渡さねば真綿で首を絞《し》められる日々を送るだけだ。

割り切ることには慣れて久しい。しかし、割り切ることが無感覚になることではない。

稔人は意味もなく水着をしまい直したタンスに視線を向けた。


昼休みになると同時、人気《ひとけ》のない校舎裏まで連れ出された克征《かつゆき》は、

『話なんかメシ食いながらでもできるだろう？』

とブーたれていたが、空腹感も手伝っての仏頂面《ぶっちょうづら》は稔人《みのる》の言葉で唖然《あぜん》としたものに変わる。

「だから、栞《しおり》はおまえが好きなんだそうだ。おめでとう」

「……え……？」

無表情で昨夜知ったばかりの栞の気持ちを伝えた稔人に、克征はどう反応していいかも判《わか》らないようにその場に立ち尽くす。

稔人はおどけた表情で、わざとらしく双肩《そうけん》を竦《すく》めた。

「あれだけ露骨《ろこつ》だったおまえの気持ちに気づきもしないで俺に聞いてきたから、しっかりとぼけておいたぞ。俺が下手《へた》なこと言って女《しおり》から告白させるより、おまえだったら自分からバシッ

と決めたいところだろ？　だから、わざわざ此処《ここ》まで呼び出したんだ」

おまえが告白する前に噂《うわさ》にならないようにな…と言う稔人に、克征はどう答えていいのかも判らない。

「だから、さ。日曜のプール、俺よりも栞を誘えよ。いいチャンスじゃないか。見たかったんだろ、栞の水着姿」

そうだ、栞の水着姿を拝めるなら自腹を切っても良いと言ったのは克征だ。

……だけれど……。

嬉《うれ》しいという気持ちは不思議と湧《わ》いてこない。それどころか、戸惑《とまど》いばかりが実感になる。

嬉しい筈《はず》だ。嬉しくない筈はないのに。

難しい表情で考え込んだ克征に、稔人が不思議そうに問う。

「克征？」

「栞ちゃんが俺を好きって、それ、……おまえ、伝えてくれって頼まれたのか？」

「いや、そういうことは頼まれてないけど」

それに安堵《あんど》の吐息《といき》が出そうになるのを辛《かろ》うじて抑《おさ》えた克征の唇は、思考がまとまる前に勝手に動いていた。

「あの…さ。プールは栞ちゃんじゃなく、おまえを誘ったんだし……。その……おまえも今度の日曜は予定ないって言ってたし……」

「何言ってんだ？　俺はプ、い、い、ールから身を引いて、チャンスを与えてやってるんだぞ？」

これで失恋決定、克征と栞はハッピーエンド…と思っていた稔人は、克征の反応に驚きを隠せない。

稔人が驚くのは克征としても当然だと思う。あれだけ栞を好きだと言っていたのに、こんなチャンスをみすみす逃《のが》すなんて我ながら何を考えているんだ？

いきなり両想いだと知って、ラッキーだと喜ぶよりもうろたえるような性格はしていない。

それでも、克征は彼らしくもない歯切れの悪い口調で言った。

「おまえが気を遣《つか》ってくれたのは解ってるんだけど……、悪い、おまえからそれ聞いたって、栞ちゃんには黙っといてくれないか？」

「そりゃ、最初から言うつもりはなかったけど……」

強引に話を打ち切った克征は、さっさと踵《きびす》を返して学食へと向かいだす。稔人は条件反射のようにその後を追いはしたものの……。

（――どうして⁉）

克征だったら、栞の気持ちを伝えた途端に大喜びすると思っていた。昨夜は予測していた睡眠不足とは別の意味で眠れなくなって、それでも栞に話を聞かされた段階で覚悟はできていたのに。

結局、日曜のプールは予定通りに自分が克征と一緒に行くことになるらしい。そりゃ、そういう約束ではあったのだが、自分から辞退した約束が、まさか守られることになるとは思わなかった。

けれど、嬉しいという気持ちはまったく起きない。

男同士で、ましてや栞に惚《ほ》れている克征相手に期待なんて微塵《みじん》も持ったことはない。それでもこれは稔人が一番避けたかった蛇《へび》の生殺《なまごろ》し状態だ。感情は理屈じゃないから、こんなハンパを見せられたら納得していたものまで納得できなくなってしまう。

疑問と混乱で一杯になる稔人に、しかし、克征はそれを尋《たず》ねる隙《すき》を与えなかった。尋ねられたって、克征自身にも答えようがなかった。


学食についた頃には、いつも通りの克征に戻っていた。稔人に対する態度にも何等《なんら》変化はない。気持《スイッチ》ちの切り替えは元々早い奴《やつ》だけれど、だからこそ、栞の気持ちを知ったのを境にした唯一《ゆいいつ》の変化が妙に強調される。

態度は通常モードなのに、今まで二人の最共通話題だった栞のことを、克征は一切口にしない。もっとも、いくら理由が解らなくても、栞の名前を出すのが克征にとって墓穴だという雰《ふん》囲気《いき》ぐらいは稔人にだって読み取れている。

（栞の話題になったら、俺としては突っ込まないではいられないからな）

昼休みが終わり、午後の授業も終わり、連れ立って帰路につこうとした二人は、そういう時に限って、校門で当の栞に鉢合《はちあ》わせしてしまった。

同じ学校に通っているのだ。教室移動途中の廊下《ろうか》や、帰り道で顔を合わせる偶然は今までだって何度もあった。だけど、今日はちょっとばかりタイミングが悪い…気がする。

（本来なら、ナイスタイミングの筈だぞ？　フェイントに度肝《どぎも》を抜かれただけなら、このチャンスをモノにしない筈はないよな？）

それでも、稔人はあえてそんなふうに考えた。二人のハッピーエンドを本心から祝福できやしなくても、開き直りというより現実逃避のような希望的観測。

「お兄ちゃん…に、東さん」

克征とセットでいる時に顔を合わせた栞の、お決まりの呼びかけ。清純派アイドル真っ青な笑顔を浮かべた後、克征に向かって可愛《かわい》い仕草でペコリと頭を下げるのも、お決まりのパターン。

それに対して、

『毎度稔人のおまけはないっしょ？　たまにはこいつよりも俺を優先してよ』

ぐらいの軽口を叩《たた》いて、ニッと口角を引き上げるのがいつもの克征だ。

……それなのに……。

栞から声をかけられた途端に顔を引《ひ》き攣《つ》らせた克征は、引き攣ったままの誤魔化《ごまか》し笑いで稔人の肩を叩いた。

「せっかく栞ちゃんと会ったんだ。本屋は俺一人で行くからいいや。兄妹水入らずで帰れよ。秋月《あきづき》兄妹のツーショットなんて美味《おい》しいシチュエーションを邪魔しちゃ、おまえらと下校ルートが同じ奴等に申し訳ないからな」

片手を上げて、稔人達の帰り道と反対の道へと去っていく克征の背中を、稔人は唖然として見送った。

秋月兄妹のツーショットを邪魔しちゃ悪い？　そんなこと、今まで一度も言ったことなかったじゃないか。克征だって家は同じ方向なんだから、一緒に帰ったって当たり前じゃないか。大体、誰が本屋に付き合うことになってたって？　克征が本屋に寄る予定だったこと自体、稔人は初耳だ。

女友達と過ぎた仲の良さで、平然とインモラルな交友を泳いでいた男とは思えない要領の悪さ。そりゃ、リアルタイムな克征のそういう付き合いを見聞きしていたのは、二年進級時のクラス替えで同じクラスになり、出席番号で決められた席が近かったことで親しく話をするようになってからしばらくまでのことだったけれど。それは、稔人が克征への気持ちを自覚する前で、克征が栞と知り合う前までのことだけれど。

たったの半年で錆《さび》がきているにも程がある。あまりに露骨《ろこつ》過ぎる克征の態度には、いくら鈍《にぶ》い栞でも気づく。

「ねぇ、お兄ちゃん。まさか、昨日の話、東さんに…しちゃった…とか？」

周囲を気にしながら囁《ささや》くような声で聞いてきた栞に、克征があんな態度を取った後では口止めされてなかったとしても肯定《こうてい》なんてできない。

「俺は何も言ってないよ。栞自身のことなんだから、それを話すなら俺じゃなくて栞だろ？」

「……う…ん、そう…だよね」

それでも不安そうに落ち込んだ顔をする栞に、稔人は憤《いきどお》りを隠して包み込むような優しい眼《まな》差《ざ》しを向けるしかない。

（まったく、何やってるんだ、あいつは？　先に惚れていたのは、あいつなんだぞ？　折角《せっかく》入れ知恵してやったのに、栞をゲットするどころか、こんなに落ち込ませててどうするんだ？）

あんな反応を見せられたら、克征の気持ちを知っていても、下手《へた》なフォローはできなくなってしまう。

栞に期待させない克征の態度で、自分が期待させられるなんてことはないけれど、判り切っているオチならさっさと結果を押し付けてほしい。

（まったく、どうせくっつくんだったら、さっさとくっつけってんだ）

今度の日曜。学友達の目のない場所で、自分がどんな態度に出るか見えた気がした。それは、さっさと失恋を決定付けて楽になりたいというだけのものではなかった。

高い空が晴れ渡った日曜。克征《かつゆき》に連れられて行ったプールは、屋内プールというよりもドームの中に造られた南国のビーチを思わせる。

どうやら此処《ここ》はデートスポットらしい。見渡せば掃《は》いて捨てるほどのカップル。女性が好きそうな雰囲気《ふんいき》の娯楽施設だから、女同士で遊びに来ている姿はそれなりに目につくけれど、男同士はかなり少ない。いても早々に女同士で来ている娘《こ》のナンパに入っていて、周囲のカップルと同化しだしていたりする。

「だから、俺より栞《しおり》を誘えば良かったんだ」

脈絡もなくいきなりの『だから』で皮肉った稔人《みのる》に、克征は見事なぐらい聞こえなかったふりをする。

「結構、色々な種類のプールがあるな。高飛び込みは後にするとして、どっから攻める?」

遊びだす前から楽しそうな笑顔。それに稔人は、嘘《うそ》でも予定が入ったと言って断ってしまえばよかったと後悔し、自分が断ったところで克征は栞を誘いはしなかっただろうことで思い直す。

(当事者のくせして、呑気《のんき》にしやがって)

胃がキリキリするような憂鬱《ゆううつ》。八つ当たりでしかないと知っていながらも、稔人は克征を横目で睨《にら》んだ。

瞬間、ギクリとする。ドキリとする。

ロッカールームで一緒に着替えたんじゃないか。体育の授業の時だって、着替えに肌《はだ》は晒《さら》しているじゃないか。

こんなのは今更《いまさら》だ。今更…なんだけれど……。

これ見よがしの美丈夫《びじょうぶ》ではないが、肌を晒した上半身は引き締まったしなやかさ。それに見《み》惚《と》れたりなんて、意地でもしない。それでも、頬《ほお》が染まりそうになって、稔人は慌《あわ》てて目を逸《そ》らした。

「この環境に男同士で来てるなんて、タラシの名が泣くぞ。だから、栞と来れば良かったんだ。い、いい、おまえが栞を好きだったのに、栞もおまえが好きなんだって判《わか》って、嬉《うれ》しくないのかよ？」

その感情を隠す為《ため》に、無視されたばかりの言葉を無視されないだけの密度に変えて言った稔人に、克征の笑顔が苦笑に変わった。

「……そう…だな。嬉しい…筈《はず》なんだけどな」

だけど、克征はそれだけを答えると、その先までこの話題を引くことをあからさまに避けた。

「んで、どのプールから攻めるよ？　ここの波のプールは二つあって、一つはボディボード用に波が大きめに作ってあるらしいぜ。サーフボードの貸し出しは流石《さすが》にしてないけどな」

強引な話題転換を逆手《さかて》に取ることはできる。プールに遊びに来ておいて無粋《ぶすい》ではあるが、栞とプールのどっちが大切なんだと難癖《なんくせ》をつけるのは簡単だった。今日の二人きりの時間は稔人にとって、プールで遊ぶことより克征を言及《げんきゅう》する為のものにとっくに形を変えていたのだし。

……だけど……。

稔人は首を回して周囲を一望すると、オーソドックスなプールを指差した。

「あそこ……」

「ん？」

「コースを区切ってあるし、今、飛び込んでた奴《やつ》がいた。一通になってるみたいだし、気合い入れて泳ぎたい奴用…って感じかな？」

そう問われて、克征は稔人が指差す方向へと視線を向ける。

「本当だ」

「競泳するなら、一番体力がある今のうちっって気がしないか？」

不敵な笑みで言った稔人に、克征はホッとしたように不敵な笑みを返す。

「そういえば、我校《うち》はプールがないから、おまえとタイムを競ったことってなかったな。五十メートル走なら俺のタイムのが上だけど」

「長距離走は俺の方が強い」

「中学では、俺、自由形は学年でタイムがトップだったんだぜ」

「偶然だな。もっとも俺は、平泳ぎの方が得意だったけどね」

「俺はバタフライが得意だった」

そんな会話を交わしながら、二人の足は既に目的のプールに向かって歩き出していた。

すっかり勝負モードに入っている克征の横顔に、稔人のテンションも少しだけ上がる。

栞のことがどうでもよくなったんじゃない。稔人にはプールなんかより栞のことが重要で、気にかかっていて、だけど……。

『嬉しい…筈なんだけどな』

その表情で、栞を好きな克征の方が困惑《こんわく》しているのは解《わか》った。何に困惑しているのかまでは解らないが、物事をスピーディに白黒つけたいタイプの克征こそ、現在の状態はしんどいものの…なのかもしれない。

(嫌なポジションだよな)

稔人は栞の兄であると同時に、克征の親友だ。半年程度の付き合いで親友を名乗っていいものかどうかは判らないが、互いに一番親しい友人であることは間違いない。

栞のこととしてより、自分の感情故《ゆえ》に克征の結論を急《せ》いている自覚があるからこそ、あんな表情を見せられたら待つしかない。

(まぁ、今日は折角《せっかく》遊びにきてるんだしな)

栞の感情と自分の感情だけで手一杯な稔人は、だから、勝負モードを装った表情の下で克征が困惑のみならない混乱を持て余していることに気づかない。また、克征自身がその根拠《こんきょ》を理解していないのだから、ボロの出ようもなかった。

（さっきからなんだよ、これ？　こいつは栞ちゃんじゃなくて、稔人なんだぞ！）

水着姿の克征に、稔人が鼓動を乱したのと酷似《こくじ》した感覚。自覚がないからこそ、間近で目にした稔人の素肌のインパクトは克征にとって強烈だった。

——答えは形になり始めていた。

なんの解決も見せない事態を残したままじゃ、心から楽しめる訳《わけ》もないと思っていたのだけれど——…。

競泳は五勝五敗のドロー。一戦目の結果に敗者《かつゆき》がムキになって、その勢いでの立て続けの十本勝負で女性ギャラリーを集め、初《しょ》っ端《ぱな》から体力を擦《す》り切《き》らせた直後に、高飛び込みでも女性ギャラリーを集め、当然の如《ごと》く逆ナンパの嵐。

それを克征は笑顔で辞退し、稔人は無難にかわし、どちらからともなく売店へと向かう。

「まったく。勝負は体力のあるうち…って言い出したのは俺だけど、これじゃ体育の授業なんかよりよっぽどハードじゃないか」

冗談ごかしに文句をつけた稔人に、克征は気障《きざ》なウインクを決める。

「体育会系レジャーってか？　でも、おまえ、しっかりこなしてたじゃん。競泳でヘロヘロになってたくせに、飛び込みにまで付き合うとは思わなかったぜ」

「誰がヘロヘロだ？　それより、今のウインクはなんだよ？　そーゆうのは俺にするより、さっきの女の子達にやってやれば良かっただろ」

「今のは単なる瞼《まぶた》の運動」

「この上、まだ運動か？　そこまでいくと、化け物だな」

「でも、流石に腹は減った。やっぱ、こーゆうとこでは焼きそばだろ、ホットドッグだろ、コーラだろ……」

子供のように無邪気な表情をする克征の顔に、うっかりと下がりすぎないように視線を縫《ぬ》いとめた稔人は、故意に冷たい眼差《まなざ》しを作りながら濡《ぬ》れた髪を両手で掻《か》き上《あ》げた。

「ガキ」

「……じゃ、おまえは腹減ってないのかよ？」

「俺も焼きそばかな？　こーゆうとこの肉の入ってない焼きそばって、不味《まず》いくせにあの不味さが美味《うま》かったりするし」

一瞬遅れた克征の反応に、稔人は頓着《とんちゃく》しなかった。それに克征は内心で胸を撫《な》で下《お》ろす。濡れた髪を掻き上げただけ。鎖骨《さこつ》が浮き上がり、胸元に雫《しずく》が流れ落ちただけ。それだけのことなのに、動揺《どうよう》する方がおかしい。

「なんだよ、おまえだって――…」

ガキ扱《あつか》いされたことに反論しようと克征が口火を切った時、狙《ねら》い澄《す》ましたタイミングで背後からクスクス笑いがした。

振り向いた克征は、

「あれ、加奈《かな》じゃん。なんだよ、偶然だな」

とクスクス笑いの主に親しげな挨拶《あいさつ》を向けた。

あきらかな年上。女子大生には見えないけれど、ＯＬにはもっと見えない。

稔人の知らない顔だった。

「克征の友達だけあって、レベル高いわね。さっきから注目の的《まと》よ。でも、克征がこういう場所に男の子と来るなんて意外だわ」

プールサイドにいながら、ばっちりと決めた化粧に真っ赤なルージュ。注目度ならこっちの方が断然高いナイスバディを強調するビキニに、出し惜しみのパレオが一層彼女の魅力を引き立てている。

そんな自分のルックスを把握《はあく》しきっている加奈の艶笑《えんしょう》に怯《ひる》むことなく、克征は笑い返した。

「純粋に楽しむなら男同士のが気楽だからな。加奈こそ、当然、男と一緒に来てるんだろ？」

加奈は綺麗《きれい》な顔を、効果的な綺麗さで歪《ゆが》めて艶笑を苦笑に変える。

「今さっき、一人で来たところ。此処、あたしのマンションから近いし、父の名前でフリーパスだから、時々来るのよ」

「はは～ん、暇《ひま》を持て余すと男を調達しに来るって訳ね。まぁ、加奈だったら引く手数多《あまた》の選《よ》り取《ど》り見取りだよな」

「あら、他人事《ひとごと》ね。克征は名乗りをあげてくれない訳？」

「最初から言ってるだろ？　今日は男友達《こいつ》と純粋に遊びに来てるの」

「純粋にプールへ遊びに来るなんて、克征っぽくないこと」

「でも、高校生っぽいだろ？」

今度のウインクは、確実に『瞼の運動』ではない。

大人の女という匂《にお》いを全身で振りまいているような加奈と、その雰囲気《ふんいき》に対峙《たいじ》して違和感のない克征に、稔人は我知らず眉《まゆ》を寄せる。

克征は克征なのに、加奈に向けた克征の表情は、今まで稔人が見たことのないもの。高校生っぽいという言葉が宙にプカプカ浮くような、ひどく『男《オトコ》』な表情。漢《おとこ》でも雄《オス》でもない男の顔。

「そういう訳だから、またな、加奈」

ピッと立てた二本指を蟀谷《こめかみ》にあてて、克征は別れの挨拶《ポーズ》を作り事《ドラマ》のように決める。ハンサムなのは一目瞭然《いちもくりょうぜん》だけれど、克征がこんなにイイ男できるなんて知らなかった。だけど、そ

れにときめくよりも拒絶感が湧《わ》き起《お》こる。

「仕方ないわね。じゃ、今日はこれで勘弁してあげるわ」

衆人環視《しゅうじんかんし》のもと、加奈は躊躇《ちゅうちょ》もなく克征の唇を奪《うば》い、克征は平然と加奈の唇を受けとめる。

その光景に、稔人の拒絶感は嫌悪のレベルまで達した。

克征から唇を離した加奈は、ようやく稔人の様子を気にとめる。

「ああ、折角《せっかく》遊びに来てるのにごめんなさい。はい、あなたにも」

あまりにフェイントな行動で、稔人が『え?』と思った時には加奈の唇が唇にあった。突然過ぎてあらゆる意味で頭が真っ白になり、ようやく肩に手をかけて身体《からだ》ごと押し退けることを思いついた時には、既に加奈の唇は離れていた。

「じゃあね」

「行こうぜ、稔人」

加奈と克征の声が重なる。しかし、にこやかな加奈とは対照的に、克征はいきなり不機嫌《ふきげん》だった。

無造作に稔人の手首を摑《つか》むと、強引に引っ張る。逆らう理由なんてなかったから、引《ひ》き摺《ず》られるままに足を動かしたけれど、摑まれた手首が痛いぐらいだった。

(怒ってる?)

でも、何を? ただ、さっきまでの克征には不機嫌さなんてなかった。

当初の目的通り、売店が並ぶ一角につくと、克征はようやく足を止めて稔人を振り返り、そこでまたムッとする。

「……ついてる」

「え？」

「加奈の口紅」

克征は稔人の唇についていたルージュを親指でキュッと拭《ぬぐ》い取《と》り、そこについた赤にまたも双眸《そうぼう》を険《けわ》しくさせた。

「克征？」

「え？　あ…ああ」

ハッとした克征は、誤魔化すような作り笑い。

「ありゃ、初対面の相手にする挨拶でも冗談でもねーよな」

言われて初めて、稔人はあれがキスだったと自覚した。唇に唇が重なった感触は解っていたけれど、克征と加奈のキスシーンのビジュアルが印象に強すぎて、自分も加奈とキスをしたのだという実感がなかった。

「ったく、加奈の奴」

吐《は》き捨《す》てる克征に、捉《とら》えたばかりの実感が一層生々《なまなま》しくなる。

キス…したんだ。克征の目前で、初めて会った女と……キス……。

「えっと、……メシ、食うんだろ？」

最初から望みのない相手の前でキスしたからって、何がデメリットになるでもない。それでも咄嗟《とっさ》に話題を変えた稔人に、克征も話を合わせはしたけれど……。

「おし、ここは、俺が奢《おご》ったる。加奈がしょーもないことしたお詫《わ》びな」

左腕をかざした克征は、右手の人差し指でそこにあるプリペイドバンドを弾く。その行為が妙に浮いていた。

大したことじゃなかった。何事もなかった。そんな感じに戻したかったのに――……。

『加奈がしょーもないことしたお詫びな』

言った方も、言われた方も、何気ないその一言がキィワードになった。

（克征が怒ったのって、俺があの女とキスしたから…か？）

けど、彼女が一方的にしてきたことだ。それが解ってるからのお詫びなんだろうが、何故、克征が詫びる？　それだけ懇意《こんい》なのだと示したいのか？

（そうだとしたら、栞のことは……？）

訳が解らない。訳が解らなさすぎて、何も聞けないから、言葉は一層空々《そらぞら》しくなる。

「だったら焼きそばだけじゃなく、他の物も食おうかな」

「結構ちゃっかりしてんだよな、おまえって」

わざとらしい稔人の笑みに、通常モードを意識しすぎた克征の反応も白々しくなる。

（加奈の奴、本当にしょーもないことしやがって！）

それはたった一つの衝撃だったのに、後頭部を殴《なぐ》られたようなその打撃から湧き上がった感情は、ベクトルを一つの答えに向けていた。

それはとても単純な答えで、だけど、あっさりと受け入れるには抵抗のありすぎる答えだった。


プールでは最後まで栞《しおり》の話題を持ち出すことができなくなり、それどころか、加奈《かな》と会った後はギクシャクした空気も消えなかった。

あれから数日。加奈の一方的なキスに見せた、克征《かつゆき》の態度への疑問は解《と》けない。尚も栞のことは話題に出せない。

やはり、克征は加奈を好きだと思うのが当然なのだろうか？　克征のあの態度はジェラシーと取るのが、自然、ではあるのだろうけれど……。

（それじゃ、克征が栞の気持ちを知っても有耶無耶《うやむや》な態度を取っていたのは、本命があの加奈さんって人だったからなのか？）

でも、そんなのはおかしい。克征が女友達とインモラルに遊ぶのをやめたのは、栞に惚《ほ》れたからだ。間違いなくそういうタイミングだった。

……だとしたら……。

栞が今までにないタイプの女だったから、克征自身が興味を恋愛感情だと勘違いしていただけだったのか？　もしくは、栞の気持ちを知ったことで、毛色の違う女は面倒だと冷めたのか？

……解《わか》らない……。

その疑問を問《と》い質《ただ》すのは、親友としては許される侵犯《しんぱん》レベルだろう。だが、栞の為《ため》と託《かこつ》けた自分の興味と嫉妬《しっと》の自覚があるから口火を切れない。もしも加奈のことを肯定《こうてい》されたら、エゴイスティックな不満までが飛び出しそうだった。

そんな稔人《みのる》のせいだけでなく、日曜のプールを境に克征の態度も変わった。ひどく稔人によそよそしくなり、克征の女遊びの噂《うわさ》がまた人の口にのぼり始めた。

今度のそのタイミングは、栞だけでなく克征の人間性を信じたい稔人の気持ちを裏切るにも充分だったから、尚更《なおさら》直接に聞いていない。そして、最近ではそんな話に持っていく機会を作れるような会話さえしていない。

以前は約束するでもなく自然と一緒に行っていた学食にも別々に行くことの方が多くなり、一緒に帰路につくこともなくなっていた。

連れ立ってトイレに行く女子じゃあるまいし、そんなことで文句を言う気になんてならない。

文句を言おうにも、男友達として何をどう言っていいのかも判《わか》らないから、現状を受け入れるしかない。

――状況《じょうきょう》だけが悪い事実の裏づけのように展開していく。それなのに、惰性《だせい》のように疑問だけを弄《もてあそ》んでしまうのは、親友以上の関係を望めない稔人の、親友として克征を信じていたい足掻《あが》きであったのかもしれない。

プールに行った日曜が切っ掛け。しかし、分岐点《ぶんきてん》というものは、決して一つではなかった。


「お兄ちゃん」

授業が終わって校舎を出ると、稔人を目敏《めざと》くみつけた栞が駆け寄ってくる。

「真っ直《ます》ぐ帰るの？　だったら、一緒しよ」

にこにことしながら言った栞は、『あれ？』と首を傾《かし》げた。

「東《あずま》さん…は？　最近、あまり一緒にいないってクラスの娘達《こたち》が言ってたけど、そーいえばこの頃は我家《うち》にも来ないよね。お兄ちゃん、東さんにあのこと話してないって言ってたけど、あたしのことで……その……」

自分のせいで二人が気まずくなっているのではないかと気にして表情を曇《くも》らせる栞に、稔人は慣れを味方にして優しく微笑《ほほえ》んだ。

「年がら年中、野郎とベッタリしてたって嬉《うれ》しくないだろう？　女の子同士の付き合いとは、違うところもあるんじゃないかな？　少なくとも俺達の付き合い方にはこういう時期もあるんだよ」

「でも……」

「あいつにだって、都合ってものがあるしね」

それに栞は俯《うつむ》かせかけていた顔をパッと上げた。

「それって……！」

そのタイミングで、校門の方向からざわめきが起こる。

何事かと思いながら栞と二人で足を進めれば、そこに停まっているのは真っ赤なスポーツカー。颯爽《さっそう》と降り立ったのは、ブガッティと同じカラーのルージュを引いた絶世の美女。

「……加奈…さん？」

啞然《あぜん》と呟《つぶや》いた稔人に、加奈は長い髪を搔《か》き上《あ》げて艶笑《えんしょう》する。

「あら、こないだの……えっと、何くんだったかしら？」

「秋月《あきづき》です。秋月稔人」

「そちら、稔人くんの妹さん？　そっくりね。一目で判るわ。ところで、克征はもう帰っちゃったかしら？」

「いえ、今日はあいつ、掃除《そうじ》当番なんで……」

あえて『秋月』を強調して名乗ったのに、当然のように『稔人くん』と呼んだ加奈に稔人は鼻白《はなじろ》む。栞は稔人と加奈の関係を気にしながらも、加奈が克征のことを尋《たず》ねたことにピクリと反応した。

そこに真打《しんう》ち登場。

「こんなとこで何してんだ、加奈？」

「ご挨拶《あいさつ》ね。あなたを迎えに来たに決まってるでしょ？」

「んな目立つもんで乗り付けんなよ」

「だって、車、これしか持ってないもの。実家まで行って、父のベンツ借りてきた方が良かった？」

「馬鹿か」

やれやれという態度で稔人と栞の前を素通りした克征は、一身に集まる周囲の視線などないもののように加奈の前へと歩み出た。

高校の校門前。此処《ここ》では加奈もキスを挨拶にしようとはしなかったが、その代わりに克征を上から下までジロジロと眺《なが》める。

「学生服に掃除当番？　高校生っぽいどころか、本物の高校生だったのね。解ってはいたけど、なんかビックリだわ」

不躾《ぶしつけ》な視線に混ぜられたコケティッシュな微笑に、克征がおもしろくなさそうに、

「んで、なんの用だって？」

と問うと、加奈は微笑から拗《す》ねた表情になって唇を尖《とが》らせた。

「最近、千秋《ちあき》や陽子《ようこ》と遊んだんですって？　このところ克征はマジメしてるって話だったけど、高校生ぶりっこに飽《あ》きたんだったら、まずあたしに連絡取ってくれてもいいんじゃない？」

「偶然とタイミング。昨日はたまたま祐子《ゆうこ》に会ったから、祐子と遊んだけど」

「あなたケータイ持たないから、こっちからは掴まえようがないのよね。でも、あなたは女友達《あたしたち》の連絡先を片っ端から知ってる訳《わけ》でしょ？　だったら、最初ぐらいは偶然やタイミングよりも、あたしのケータイにコールしてほしかったわね」

意味深なやり取り。意味深な雰囲気《ふんいき》。眼光を鋭くした加奈に、克征はフッと嘆息《たんそく》した。

「おまえには通ってる高校のことも話しちゃってたもんな。でも、まさか此処まで来るとは思わなかった」

「ちょっとプライド傷ついちゃったから」

「OK、付き合うよ。教師《うるさいの》に見つかる前に、さっさと行こうぜ」

克征は我物顔でブガッティに乗り込み、加奈もそれに倣《なら》う。

車を発進させる直前、窓を開けた加奈が、

「それじゃ、またね、稔人くん。今度はあなたとも一緒に遊びたいわ」

と軽口で言ったのに、助手席の克征が渋い顔をしたことは、稔人からは死角になって見えなかった。

走り去る車を見送りながら、隣で栞がポソリと漏《も》らす。

「東さんの都合って、女の人とのお付き合い？　……噂……やっぱり本当だったんだね」

それに稔人は答えられなかった。

克征と加奈がいなくなったことで、周囲のざわめきは途端に露骨《ろこつ》になる。

女子からも男子からも賛否両論。僻《ひが》みやっかみもあれば、羨望《せんぼう》もある。それに神経を逆撫《さかな》でられながらも、稔人は栞の様子を気にかけることで自分の感情から瞳を逸《そ》らそうとした…のだけれど……。

「でも、なんか信じられない。前にも言ったけど、あたし、東さんってそんなふうに見えなかったし」

「帰るぞ、栞」

「それに、今の東さんの態度……」

「ほら、さっさとしないと置いてくからな」

「お兄ちゃん？」

どうやらそれは、無視できるレベルの感情じゃなかったらしい。ここで背を向けるのが失態だと解っていても、怪訝《けげん》そうな栞の顔が見られない。

作り上げてきた仮面が崩《くず》れていく。隠し通す筈《はず》だった恋心は、ここに来て俄然《がぜん》自己主張を始めていた。

克征《かつゆき》が公園にやってきた時には、既に栞《しおり》が待っていた。そこは、東《あずま》家と秋月《あきづき》家のほとんど中間地点。

「栞ちゃん、いきなりどうしたの？　俺に用があるなら、さっきの電話ででも……」

「電話だと、顔が見えないでしょ？　沈黙されちゃうと、言葉、出てこなくなっちゃうから」

街灯の下に佇《たたず》んでいた栞は、そんなふうに言《い》い訳《わけ》する。

沈黙で言葉が出てこなくなるのを危惧《きぐ》するような用件は、栞のようなタイプには一層、顔を合わせて話すのに勇気のいるものだと想像に容易《たやす》い。

栞は克征が現在最も二人きりで会いたくない相手ベスト2のうちの一人ではあったが、断ることができなくなるような呼び出しは、受話器越しに震えた小さすぎる声だった。

初めて本気で好きになった娘《こ》だと…錯覚《さっかく》…した相手。彼女は、親友だと…錯覚…した相手の妹。

——あんな声を聞かされたら、邪険にもできなかった。

「毎日電話してたんだけど、東さん、中々つかまらなくて……」

「このところ、遊び歩ってたからな。直接話したいってんなら、学校で呼び出してくれた方が早かったんじゃない？」

「あ、ごめんなさい。今日も……出かけるとこだった？」

カジュアルでありながら克征を大人びてみせる私服《ふくそう》に、栞は申し訳なさそうに言う。

それに克征は、

（この娘《こ》が相手じゃ、錯覚したって当然だよな）

と心の中で誰に対するともつかない弁解をすると、取《と》り繕《つくろ》うような笑みを浮かべながら立てた親指でその方向を示した。

「ベンチ、行かない？　立ち話もなんだろ」

「……ごめんなさい」

「平気だよ。別に約束があった訳じゃないから」

克征は栞を促《うなが》して、ベンチへと歩き出した。栞は黙ったまま克征に従い、克征に言われるがまま先にベンチへと腰を下ろした。

ベンチの隣にある自販機で、克征は缶のミルクティーと無糖のコーヒーを一本ずつ買ってから、栞の隣に座った。

「はい、奢《おご》り。栞ちゃんはこれだろ？」

「あ…ありがと。でも、よくあたしの好みなんて知ってましたね」

「稔人から聞いてるから。あいつもコーヒーよか紅茶派なんだよな。それもミルクティー派。似ている兄妹ってのは一目瞭然《いちもくりょうぜん》だけど、そんなとこまで似てるんだな」

ついこないだまでは、好きな女の子の情報を得るのが嬉《うれ》しいのだと信じて疑いもしなかった。そこに付属される彼の情報や、彼と共通の話題こそが嬉しいのだとは思いもしなかった。

いきなり渋くなった克征の表情に、栞は受け取ったミルクティーのプルタブをカチリと鳴らしながらおずおずと切りだす。

「この前、綺麗《きれい》な女の人が学校まで東さんを迎えに来てたの、見ました」

「うん」

「やっぱり、気づいてたんですね。あの距離で気づいてない筈《はず》ないと思ったけど、東さんに思い切り見えないふりされちゃったから……」

「…………」

「……お兄ちゃんも一緒だったのに……」

栞一人でもあそこでは無視以外できなかっただろうが、稔人と一緒となれば尚更だ。だけど、それを口に出す気には到底《とうてい》なれない。

克征は胸ポケットを探ると、煙草《たばこ》とライターを取り出した。

「吸っていい？」

「えっ？　あ、は…はい」

　栞の返事が終わるか終わらないかのうちに、克征はフィリップモリスのボックスから直接一本を銜《くわ》えて引き抜き、ライターで火をつけていた。

　慣れた仕草の喫煙。肺一杯吸い込んだ煙を溜息《ためいき》のように吐《は》き出《だ》す克征を見つめながら、栞は素直に驚きを示す。

「東さんが煙草吸うなんて、知らなかった」

「小学生の頃から吸ってる。しばらくは吸ってなかったけど、最近また吸い出してね。まぁ、稔人でさえ俺がスモーカーってのは知らないんだから、栞ちゃんが知らなくても当然だろ？本来、高校生が吸っていいもんじゃないんだし」

「それは、そうですね。そう…なんですけど……」

　栞は一度言葉を濁《にご》し、逆にそこで思い切りをつけたように表情を硬くさせた。

「イメージって、当てにならないものですね。あたし、東さんが煙草を吸うなんて思いもしなかったし、噂《うわさ》…だって嘘《うそ》だと思ってました」

「噂って、俺の浮名《うきな》？　栞ちゃん、俺に説教する為《ため》に呼び出したの？　だったら、それこそ学校ででもよかったのに」

　揶揄《やゆ》するでも皮肉るでもなく、淡々と言いながらコーヒーを飲み、煙草を吸う克征に、栞は開けただけでまだ一口も口をつけていないミルクティーの缶を両手でギュッと包み込んだ。

「お説教なんて……。ただ、学校だと東さんはお兄ちゃんと同じクラスだし、お兄ちゃんに内緒で東さんを呼び出すのは無理だと思ったから……」

「稔人に内緒で?」

「お兄ちゃんと東さん、あんなに仲良かったのに最近は全然ってくらい一緒にいないし、それに……あの女《ひと》の前で、東さん、お兄ちゃんに知らん顔だったし、それで……それで……」

「ケンカしたとでも思った? だったら稔人にも、それ、聞いたんだろ? あいつはなんて言ってたの?」

「女の子同士の付き合いとは違うから、こういう時もあるって。ケンカなんてしてない…って。でも……」

「稔人が正解。俺達、ケンカなんてしてないよ」

そう、ケンカになるようなことじゃない。克征が一方的に逃げているだけだ。

だけど、その理由を言えない克征に、栞は納得しない。彼女は彼女なりに思い当たる根拠《こんきょ》があるから、説明もなしに納得なんてできない。

強く……強く握り締められた紅茶の缶が、栞の手の中で小刻みに震えた。

「お兄ちゃんは違うって言ったけど、あたし……あたしのせいですか? あ…東さんが女の人とどんなふうに付き合っても自由なのに……。お兄ちゃん、そういうことで誰かに干渉《かんしょう》するタイプじゃないのに……」

「栞ちゃん？」

「あたしのせいじゃないんですか？　お兄ちゃん、あたしのことで東さんと……」

感極《きわ》まったように、栞の大きな瞳からボロッと大粒の涙が零《こぼ》れた。そして、溢《あふ》れ出《だ》した涙は栞の感情の堰《せき》すらを切らせる。

「あ…東さんが、プレイボーイなんて信じられないけど……嫌だけど……。そんな東さん……イメージ…じゃない…けど……」

ヤバイと思った。拙《まず》いと思った。だけど、栞が自分からそれを言い出すと思わなかったから、稔人と同じ鳶色《とびいろ》の瞳が涙に揺れるのに意識を奪われていた克征は、咄嗟《とっさ》に会話の流れを避けられなかった。

「あたし、イメージで東さんを…好き…になったんじゃ…ありません」

「……栞ちゃん……」

「好き…です。東さんが…好き…なんです……」

泣きながら弱々しい声音で告白する栞は、男なら守ってやりたいと思わずにはいられない少女だった。こんな娘に告白されたら、男冥利《みょうり》に尽《つ》きない奴《やつ》はいないと思うには充分の小さな可愛《かわい》い少女。

錯覚にでも、本気で好きになった初めての相手だと思った少女だ。ここでこの告白に頷けば、表面的には一番無難な形に収まるのだろう。

だけど、稔人から栞の気持ちはとっくに聞いていた。今更《いまさら》それができるぐらいなら、自分の間違いに気づいた時に栞への告白こそを現実逃避にしていた。ましてや、女友達との広く浅いくせに親密すぎる交友を復活させてやしない。

(まいったな)

克征は灰を長くした煙草を口に運び、大きく吸い込んだ。

相手が栞である以上、自分が出す答えはすぐに稔人の知るところとなるだろう。

それはとても鬱陶《うっとう》しいことで、でも、それよりも忌々《いまいま》しいのは、不実云々《うんぬん》に起因せず無難な道を選べない自分の気持ちこそだった。

——…コン…コンコン……。

いつものリズムで、ノックを三回。短気な訳《わけ》ではないけれど、兄妹という気安さで返事の前にドアを開けてしまうのもいつものこと。

「栞、おまえ、俺の辞書持ってって……」

栞の部屋に一歩足を踏み入れた稔人は、ベッドに縋《すが》った姿勢からハッと振り向いた栞に双眸《そうぼう》を見開いた。

「栞？」

「お…兄ちゃん……」

真っ赤に泣《な》き腫《は》らした目。止まらない涙。稔人は愕然《がくぜん》としながらもドアを閉じ、栞の元に歩み寄って膝を折ると、その小さな肩に手をかけた。

「どうしたんだ、おまえ？」

心底心配そうな稔人の表情と声音に、栞は慌《あわ》てて涙を拭《ぬぐ》う。

「え…えへっ、振られちゃった」

「振られた？　それって、克征に？」

克征の他にはいない。だけど、稔人には信じられなかった。

栞を好きだと言っていながら、栞の気持ちを知っても克征が煮え切らないのは、加奈という女が本命だからではないかと、そんな可能性も考えてはいたけれど、いざ栞に振られたと言われれば、『やっぱり』なんて考えは微塵《みじん》も起きない。

信じられないのは、克征が栞を好きではなかったということか？　栞が男に振られたということか？　克征が親友としての稔人の信頼を裏切るような奴だったということか？　それとも……それとも……。

――きっと全部だ。

男が栞を振るなんて許せないと思うまでの傲慢《ごうまん》な感覚。栞を振った克征に、自分の最小限の、、、価値までを否定されたような感覚。

日頃、皮肉な口ぶりに反して表情だけは温厚な稔人が顔を険《けわ》しくさせるのに、栞は止まらない涙を尚も拭いながら言った。

「お…お兄ちゃんの友達だからって、東さんが無理してあたしと付き合う義務はないんだもん。怒らないで……東さんを責めたりしないでね。最初から好きになってもらえる筈ないって、あたし解ってたんだし」

「でも、振られたってことは、おまえから告白したんだろ？　栞が告白するなんて、よっぽどあいつが好きで、思いつめてたってことじゃないのか？」

「そ…そりゃ、すごく好きだけど、期待はしてなかったもの。それに、思いつめて告白したっていうのとはちょっと違うし。それにそれに、東さん、好きな人がいるって…言うんだもん。仕方ないじゃない」

結局、本命は加奈《かな》という女か！

その後も栞は必死に弁明し、克征のフォローをしようとしていたが、稔人の耳には半分も入っていなかった。

克征も今までの奴等《やつら》と一緒で、克征の方から栞を好きだと言いだしたんだ。克征は……克征だけは、栞を振っちゃいけなかったんだ。

矛盾《むじゅん》した恋心の発露《はつろ》に、これは充分な大義名分だった。

秋の夕暮れ……真っ赤に染まった教室。今日は二人だけしか残っていない。

(冗談でキスまでできる親友だったのにな。あんな何気に…キス…なんて——…)

　ふとそれを思い出して、克征《かつゆき》は唇の端で自嘲《じちょう》する。

「んで、何の用だって?…とわざわざ聞くのは白々しいか」

　稔人《みのる》は仏頂面《ぶっちょうづら》で克征を睨《にら》んだ。

「栞《しおり》の気持ちは伝えてあった筈《はず》だ。それなのに、おまえは有耶無耶《うやむや》にしてきて……。栞が自分から男に告白するなんて、並大抵の勇気じゃなかったことぐらい解《わか》ってるだろ? おまえは栞に惚《ほ》れていた筈なんだから」

　稔人が皮肉屋なのは今に始まったことじゃない。けれど、直接吐《は》きかけられた嫌味は皮肉を越えていた。

「あれだけ好きだって言ってた相手をあんなに泣かせて、よく平気でいられるな。沢山の女友達に対してはいい加減な奴《やつ》でも、好きになった女にぐらい誠実だろうと思っていたのは、俺の欲目か?」

　嫌味の陰険さから、稔人がどれだけ怒っているのか判《わか》る。

怒って当然だとは思う。理屈ではそう納得しているのに、稔人からこういうふうに出られると、無性に神経が逆撫《さかな》でされる。

「終わった恋で、『惚れていたんだから解ってた筈』なんて言われても、一層興醒《きょうざ》めするだけだ。好きになったからって相手のことが全部理解できるようになる訳じゃなし、ましてや、栞ちゃんの勇気なんてものを持ち出されても、な」

開き直ったふりだけのつもりが、自分でも愕然《がくぜん》とするぐらいの毒舌になった。克征自身ですらそうなのだから、稔人の驚愕はそれを上回って当然なのだけれど……。

「終わった恋、ね。好きだ好きだと言いながら、栞の気持ちを知った途端に終わった恋か？随分《ずいぶん》と都合のいい終わり方だな。どうやら俺は、俺が思っていたほどおまえと親しくはなかったらしい」

「な…んだよ、それ？」

「最初から本命がいるのに、おまえは俺の妹に惚れてると言って、俺をからかってたんだよな。よく解った」

顔色を失い、口調を硬くして、それでも、声を荒げずに稔人は淡々と言い切った。それが稔人の自虐《じぎゃく》行為だなんて、克征には解らない。

『からかったりしていない！』

それを叫《さけ》ぶのは簡単だったけれど、そこから続けられる言葉がなかった。それを補足する説明なんてできやしない。

だから、克征は黙って稔人の顔を見つめた。それを稔人はどう受け取ったのか？

「俺はおまえの…親友…のつもりだった。それが思い込みだったのはよく解った。俺がそう思っている間、おまえは俺をからかい続けてたんだからな」

稔人にそう取られても仕方がない。

当然……当然……総《すべ》てが『当然』の反応、なのかもしれないけれど……。

からかったりしていない。それでも、反論できない克征に、稔人は勝手に傷ついた顔をする。

反論できない言葉ばかりを投げておいて、一人で被害者の顔になる。

それすらも当然のことだ。客観的に見れば必然ですらあるのだろう。けれど、克征は主観に襲われる。

(俺だって親友だと思ってたさ！　だから、栞ちゃんに惚れてると思ったんじゃないか!!)

肩で溜息《ためいき》をついて背を向けた稔人。克征を置いて教室を出て行こうとする稔人。

克征は咄嗟《とっさ》にその肩に手をかけた。

「ちょっと、待てよ！　言うだけ言って、勝手に話を終わらせるな!!」

「だって、話は終わっただろう？」

そうだ。話を続けようにも、克征には何をどう言っていいのか解らない。具体的な会話の続けようがない。

それでも感情は、陳腐《ちんぷ》な恨《うら》み言《ごと》だけを音にさせる。

「――…俺達、ケンカしてた訳《わけ》でもないのに、なんだっていきなりこんなことになってんだ？　おまえはおまえ、栞ちゃんは栞ちゃんなのに……」

「ケンカなら、今してるだろう？　俺は俺で、栞は栞？　大した詭弁《きべん》だな。大事な妹を泣かされて、俺自身もコケにされて、何もなかったように親友ごっこを続けろか？　人を馬鹿にするのも大概《たいがい》にしておけよ」

冷たい口調と眼差《まなざ》しには、軽蔑《けいべつ》が籠《こも》っていた。それに克征はスゥッと全身が冷たくなり、次《つ》いでカッと熱くなった。

「だったら、俺にどうしろって言うんだよ⁉　好きでもないのに栞ちゃんと付き合えってか？　そうすりゃおまえは満足なのか⁉」

「……そうだよ。おまえが栞を好きだと言い、俺はそれを信じてたんだからな。そうしたら、俺も親友ごっこぐらい付き合ってやるさ。そうすれば、栞にも俺達がケンカしてるなんて心配かけなくて済むからね」

確かに、自分が悪い。だけど、好きでもない相手と付き合うことを強制するのか？　いくら妹とはいえ、稔人の口から他の女と付き合えと強制までしてくるのか？

「おまえ、シスコンにも程があるぞ‼」

「友人でもなくなったおまえに言われる覚えはない」

――決定打だった。

冷たく凍らせた表情を動かさず、僅《わず》かばかりの感情も声音に乗せず、稔人は稔人らしくない強制を押し付けてきた。きっと、これで愛情もなく付き合うと言えば、稔人は一層克征を軽蔑した瞳で見るのだろう。

栞の勇気《おもい》に応《こた》えられなかったことは、栞の口から稔人には伝わると思っていた。それによって稔人から何かしら言われるのは必至だった。

皮肉ぐらいは当たり前、嫌味だって覚悟していた。しかし、ここまでの態度に出られるとは思わなかった。

取りつく島もなく、無理難題をふっかけてくる稔人の意思は一つ。克征を切ろうとしている以外にない。

結局、言えない言葉を言うまでもなく軽蔑されて、親友じゃないどころか既に友達でもないとまで言われ、黙ってそれを受け入れるなんてできない。それができるぐらいなら、こうなる前に自分から栞の告白に無難な形を取っていた。

「じゃあね、東《いい》くん」

ようやく変えられた表情は冷笑。克征が肩にかけた手を自ら振り払おうともせず、視線だけで『離せ』と訴《うった》える稔人がたまらなかった。

逆切れなんてみっともない。そんなことを思う前に、込み上げてくる激情が抑《おさ》えられなかった。

「克…っ？」

離せと命じた視線に反し、引き寄せ、抱き締め、無理矢理に唇を奪う。

腕の中、ビクリと震えた身体《からだ》は、刹那《せつな》に身もがいた。その抵抗で自暴自棄《やけくそ》の気持ちに拍車がかかり、思う様に合わせた唇を貪《むさぼ》る。

「……っ、また、冗談かよっ!?」

遮二無二《しゃにむに》抗《あらが》う稔人を押さえ込めず、胸に突っ張られた腕で身体ごと唇を外された途端、そう叫ばれた。初めて稔人が声を荒げ、頬《ほお》を紅潮《こうちょう》させて感情を露《あらわ》にした。

けれど、もう……手遅れだ。

「冗談…で済ませたいなら、冗談でいいさ。きっと洒落《しゃれ》にはならないけどな」

再び塞《ふさ》いだ唇に、今度は歯列を抉《こ》じ開《あ》けて、逃げる舌を無理矢理捕まえる。以前に交わした触れるだけのキスとは、まったく別物のキスをする。

言わなくても、軽蔑されてしまった。友人ですらなくなってしまった。だったら、失うものなんて何もない。

その上で本心を伝えて何になる？　今更《いまさら》の勇気で、これ以上惨《みじ》めになってどうする？

それでも、受け身で総てを甘受して、失うだけなんて我慢できない。

(何もなくすものがなくなったのなら、最低限に欲しいものを手に入れてからなくすさ)

親友以上の想いなんて、最初から望めない。欲する形の心を無理矢理手に入れることはできない。けれど、これだけなら無理矢理で手に入れられる。

「克征…っ!!」

さんざんに味わってから唇を離せば、悲鳴のような声が鼓膜《こまく》を叩《たた》いた。それを合図に、克征は稔人を手近な机へと押し倒した。


(なんで、こんな……?)

訳が解らない。なんでこんなことになったんだ?

皮肉も嫌味もなしに話し合う気なんて、毛頭《もうとう》なかった。それにしたって、あの態度は行き過ぎていたとは思う。でも、歯止めをきかなくさせたのは克征じゃないか。

終わった恋の一言で、栞を蔑《ないがし》ろにした克征。栞と両想いだと判った途端に終わる恋なんて、そんなのは最初から恋じゃなかったんじゃないか。

それなのに、さんざん栞を好きだと聞かせてきて、栞に似ているからといってキスまでしておいて。

親友のふりをしながら、ずっとからかわれていたんだ。でも、何故《なぜ》、そんな質《たち》の悪いからかい方をした？

――親友のふりをしていたのは自分の方だ。親友じゃない自分の気持ちを見抜かれていたから以外にどんな理由がある？

男が男に惚れるなんて、それだけで嫌悪を感じられても仕方がないだろう。だけど、こんなのはひどい。友人に裏切られるのは慣れているけれど、好きになった相手に親友のふりでからかわれるなんて……。

だったら、最後に見栄ぐらい張らせてくれてもいいじゃないか。あんなからかい方をするぐらい嫌悪されていたのなら、親友どころか友人にすら戻れやしないのだから、絶縁状ぐらいこっちから叩きつけたっていいじゃないか。

（なのに、なんでこんな…っ⁉）

予測の範疇《はんちゅう》どころか想像の範疇も越えていて、克征の意図が見えない。机に押し倒され、学ランごとシャツの前をはだけられて、そこから思いつく展開は一つしかないけれど、それはあまりに信じられないことだから、成り行きを窺《うかが》うように抵抗を忘れた。

露にした胸元を恐《こわ》いぐらい真剣な表情で見つめた克征は、何かを振り切るように性急にそこへとむしゃぶりつく。

「な…っ！」

女と違って膨《ふく》らみのない胸。そこにある女よりも小振りな突起を女のように舐《な》められ、吸われ、嚙《か》まれて、稔人はビクリと全身を震わせた。

原因の追及に占領されていた意識に、現状を知らしめる生々《なまなま》しい体感。しかし、身体で現状を把握《はあく》するのと、精神で現状を把握するのは別物だった。

「やめ…っ！　何するんだ、克征⁉」

最低限に我に返った稔人の身体がようやく見せた抵抗を、克征は力で押さえ込む。本気の抵抗ならそうは簡単に押さえ込めなかっただろうが、混乱した心は身体の動きを鈍《にぶ》くさせた。

それでも、稔人が押し倒された机はガタガタと揺れ、中から置きっぱなしになっていたペンケースが小さな音を立てて床に落ちる。

「あ…っ……」

ブランドロゴの入ったペンケース。床に落ちたそれが視界に入った途端、それこそに稔人はゾッとする。けれど、克征はそんな稔人の心情を意に介《かい》そうともしない。

克征の手が稔人のベルトに伸ばされ、バックルがカチャカチャと鳴る。その間も克征の唇は稔人の胸から離れない。

「嫌…だ……やめ…っ……」

「ここまできてやめられるかよ。抵抗して騒ぎ立てれば、誰かが助けに来てくれるかもしれないけどな」

稔人はギクリと見開いた双眸《そうぼう》に、今度は天井《てんじょう》を映《うつ》す。見慣れた教室の見慣れた天井にもゾッとし、そこに乳首に与えられている刺激が綯《な》い交《ま》ぜになり、何に背筋がゾワリとするのか判らなくなる。

授業はとっくに終わっているけれど、部活で残っている奴はいる。忘れ物を取りに来る奴がいないとも限らない。此処《ここ》はそういう場所だ。

「克征、こんな冗談……人に見られたら、冗談で済まなくなる…ぞ」

ひりつくような喉《のど》から、どうにかそれを言ったものの、稔人の胸から顔を上げた克征は、蔑《さげす》むような笑みを口元に刻んだだけだった。それが克征自身へ向けた蔑みだと、稔人に解る筈もない。

ジッパーを下げられる音がひどく大きく鼓膜を打つ。下着ごと制服のズボンを下げられ、それは克征の足で足から引き抜かれた。

物音によって此処に来るべきでない誰かを呼んでしまうのが恐くて、僅かな抵抗すら封じられる。

見つかれば同じ穴《あな》の狢《むじな》だというのに、そんなリスクを冒してまで克征はこんなことがしたいのか？　そうまでして、自分を貶《おとし》めたいのか？

克征の視線が、痛いほど股間《こかん》に突き刺さる。そこがそっと手に取られ、感触を確かめるようにやわやわと握《にぎ》られ、目的をもって擦《こす》られる。

「……っ……」

思わず喉を反《そ》らせた稔人に、克征の笑う気配が伝わった。

「おまえも同じ男なんだな」

克征の手の動きは止まらない。胸への愛撫《あいぶ》も再開される。勃起《ぼっき》はどうにもならない肉体的反応だった。

「なん…で……こ…な……」

そんな稔人の疑問に、克征は一切答えない。

伊達《だて》に女経験が豊富な訳じゃない。男相手には初めてでも、メカニズムは実感で知っている。克征は容赦《ようしゃ》なく稔人を追い上げる。他人の手を知らない稔人を陥落《かんらく》させるのは難しくはなかった。

「——…ぁ…っ……」

はだけた腹部に白濁《はくだく》とした液体が飛び散る。その解放感に愕然《がくぜん》とした稔人に、克征は重ねて言った。

「本当、おまえも男だったんだな。普段がストイックすぎるから、おまえも出したりするんだ…なんて、妙に感心したりして」

「…………」

「いつもは自分の手でやってんだろ？　どんなこと考えながらやってる？　おまえが何考えながら抜いてるのかって想像もつかないけど？」

自嘲だと稔人には気づけない笑いを含んだ克征の言葉に何も答えられない。

稔人だって、人並みには抜いている。でも、その瞬間に克征を想っているなんて言えやしない。今でさえこんなに蔑まれているのに、その瞬間に思い浮かべるのはいつも克征だったなんて！


「も……いいだろ……？」

「何が？」

これだけ惨めな気持ちを味わえば充分だろうという稔人に、克征は稔人の腹に散った粘液《ねんえき》を指先に掬《すく》い取《と》ると、それを後方に塗《ぬ》りつけ始めた。

「ヒ…ッ……？」

「本番はこれからだろう？」

自分の肉体で最も忌《い》むべき部分を、好きな人に探られている。その人の指がそこを揉《も》みほぐして中へと入り込み、そこでまた新たに何かを探る。

……それなのに……。

「嫌……嫌だ……克…征……」

好きな人にそうされているという感覚は不思議となかった。ましてや、好きな人に抱かれているなんて感覚は微塵《みじん》も湧《わ》いてこない。

そりゃ、相手が克征でなければ、誰かに見つかる危惧《きぐ》よりも生理的な嫌悪感で本格的な抵抗をせずにはいられなかっただろうけど……。頭で考えるより先に、同性から強《し》いられる行為に肉体《からだ》が拒絶していただろうけれど……。

やがて、克征の指は稔人が反応する一点を探り当てた。そこから伝わるものが何なのかを稔人が知る前に、克征は、

「ここ…か」

とそこから指を抜くと同時に、自分のズボンの前をくつろげた。

——ピンポンパンポン……。

熱くなった克征自身をそこに感じるのと、校内放送が入るのは、ほとんど同時だった。

「——…ぐ…っ……」

《前園《まえぞの》先生、前園先生、お電話が入っております。至急職員室にお戻りください。前園先生——…》

克征に穿《うが》たれながら、

(そういえば、数学の前園って、バドミントン部の顧問…だったっけ?)

と頭の片隅で考えた時、身体を真っ二つに裂かれそうな痛みの中で、そこばかりを集中的に攻めてくる克征にゾッとした。

背筋を駆ける悪寒の二重の意味。そこにこそ、肉体と精神のギャップがあった。

耳には校内放送。見慣れた天井から目を背《そむ》ければ、床には学友のペンケース。

此処は学《まな》び舎《や》。ひどく日常的な中での、途轍《とてつ》もない非現実。

これは決してある筈のなかった事態だ。それなのに、幸運とも思えない中で克征に抱かれている。——犯されている。

理屈ではなしに堪《たま》らなかった。吐き気が込み上げてきた。それなのに、集中的にそこを克征のもので擦られているうちに、激痛さえ忘れて何も解らなくなる。

「は……あ…あぁ…っ……」

稔人は自覚のないままに克征の背中に両腕を回していた。そんな稔人の表情を見つめる克征の視線が解るぐらいなら、その腕で克征を抱き締めたりはしなかった。

解ったのは、自分の中を出入りする克征の熱さ。徐々に加速度をつけていく、その抜き差しの激しさだけだった。


克征は自分だけでなく、稔人の後始末まで終えてから、教室を出て行った。何事もなかったように着衣を直された稔人は、けれど、横たわった机の上でしばらくの間動けなかった。

何が起こったのか、精神的にはまだ混乱している。だが、肉体的には何が起こったのか理解しない訳にはいかない。

克征を銜《くわ》え込《こ》み、思う様に使われたそこはズキズキと熱い痛みを訴え続けていた。

「……嘘《うそ》…だろ……」

独《ひと》り取り残された教室。机の上から起き上がる気力もないまま、稔人は片手で双眸を覆《おお》った。眼球の奥がズキリと痛んで、目頭が熱くなる。

（……なんで……こん…な……）

好きだから、親友としての克征を失いたくなんてなかった。それでも、妥協《だきょう》できることとできないことがあるから、友人としての関係さえ断ち切るしかないと思った。それが、どうしてこんな結果になる？

指先で探った体内のポイントを、集中的に攻めてきた克征。濡れた忙《せわ》しない息遣《いきづか》いは、どちらのものともつかないほどだった。

（こんなの、冗談どころか、洒落どころか、……からかうにしたって……こんな……こん…な……）

どれだけ馬鹿にしてたとしたって、報復であったとしたって、どうしてそれであんなことができる？　どうして男が男を陵《りょう》辱《じょく》したりできる？

不幸中の幸いなんて思えない。友としてすら失ってしまう想い人との関係に、これが最後のラッキーだったなんて思えない。

ましてや――…。

『ったく、栞ちゃんと似すぎなんだよ』

耳元の淫《みだ》らな呼吸音に混じった呟《つぶや》き。あれはなんだったんだ？　栞を振っておきながら、その栞と似ていることがなんだという？　女《しおり》と似ているから、男でも抱けたと言うのか？

女経験豊富な克征は、経験のない男との行為に興味があっただけかもしれない。これは興味を遂行《すいこう》する恰好《かっこう》の機会だったのかもしれない。

「……俺は……好きでもない野郎相手なんて、冗談じゃないけどな」

それが正確な答えだと思うよりも、稔人には個々人の観念の違いで片付けるしかない。だって、克征には加奈という本命がいる。

稔人は顔から手を退《ど》けると、のろのろと上体を起こし、机から降りた。そこに涙はない。

（それも、こんな場所で……）

いつ誰に見つかるか知れない教室。誰に見つかることもなかったけれど、あの行為が行われたのが日常的過ぎる場所であることが堪らない。

克征の唇、手の動き、その熱さ。それよりも、日常過ぎる日常が異常なぐらいのインパクトだった。

（……そういえば……）

まだ何か入っているような異物感と、足を震わせる痛みに耐えながら立った稔人は、行為が行われた机の足元を見る。

そこには落ちたままのペンケース。克征はそれに気づかなかったらしい。

夕陽の赤を消して薄暗くなった教室で、蒼ざめた顔に能面のような無表情を飾りながら、稔人は軋《きし》む身体を屈《かが》ませると、床に落ちていたペンケースを拾い上げた。

（……この机、古谷《ふるや》の席だったよな。じゃあこれは、古谷のペンケースか）

それに反吐《へど》が出そうな思いで、稔人は手にしたペンケースを机の中にしまう。

ペンケースを机に戻す。それが最後の証拠隠滅《いんめつ》のような気がした。それを自分の手で行っているのが、理屈ではなしに居《い》た堪《たま》れなかった。


「――……という訳《わけ》で、修学旅行のグループを組んで、遅くても今週末までにプリントを提出してください。それじゃ、先生、残った時間はそのグループを決めるのに回してもいいですか？」

ＬＨＲ。教卓の前に立ち、注意事項と連絡事項を伝え終えた稔人《みのる》が伺《うかが》いを立てるのに、窓際に置いたパイプ椅子に座ってその進行を見ていた担任である初老の男性教師は、

「私からは何もないので、そうしてください」

とのんびりとした動作で頷《うなず》いた。

「では、早々にグループのメンバーが決まって時間が余るようだったら、自由行動の予定でも相談しててください」

グループなんてものは、日頃から決まっているも同じだ。修学旅行のグループを決めるといっても、最低限の人数あわせでしかない。

稔人が教壇《きょうだん》を下りた時には、もうみんな自分の席を立ち、それぞれのグループで集まりだしていた。

「美知子《みちこ》と文恵《ふみえ》って二人でしょ？　だったら、あたしたちと一緒しよーよ」

「野坂《のさか》は、水島《みずしま》達の方に入るのか？　それとも、俺達ン方に来る？」

そんな会話が飛び交う中、稔人も自分の席には戻らず、グループの一つに声をかける。

「小島《こじま》達のとこ、俺も入れてもらっていいか？」

にっこりと笑って言った稔人に、小島のグループの者達だけでなく、クラス中が反応した。

コソコソした囁《ささや》きと、他人事《ひとごと》特有の興味の視線。それに稔人は動じようともしない。

「ダメかな？」

「いや、秋月《あきづき》なら大歓迎だけどさ。その……いいのか？」

声をかけられた小島が、気にしたように視線をその方向に向ける。その視線の先にいる人物を解《わか》っていながら、稔人は言った。

「いいのかって、何が？」

「いや、だって、おまえ、東《あずま》と…さ」

小島が言いよどんでいるうちに、背後から克征《かつゆき》の声が聞こえた。

「おい、佐久間《さくま》。俺もそっち入るぜ」

稔人はクスリと笑った。

「克征？　あいつは関係ないだろ？」

「関係ないって、ケンカでもしたのかよ？」

「ケンカしてるように見えるか？　単に最近はあまり一緒にいないだけだろ？」

「だから、それがさ……」

「したと言えばしたのかな？　まぁ、年がら年中男同士でベッタリしてても不毛だからね。こういうのもいいんじゃない？」

穏やかな笑顔で言った稔人の背後で、克征も佐久間達と同じやり取りになってるらしい。それを確認するまでもなく、稔人は克征を振り返ろうとは思わない。

あれから稔人は克征を視界に映《うつ》さない。視界に映っていたとしても、見えてないふりをする。だって、他にどうすればいい？　この教室で、右斜《なな》め前の席で、あんなことがあったんだ。克征を見てしまったら、この教室で平然と過ごすなんてできない。

報《むく》われない恋心はあれを幸運にはしてくれず、かといってただの暴力だったとも割り切らせてくれない。友人でいられなくなったという結果が同じなら、それ以上に傷を抉《えぐ》るようなマゾヒステイックな趣味はない。

そんな事情を知らない小島は、何を無理してるでもないという稔人の態度と表情にあっさりと騙《だま》されて、呆《あき》れとも感心ともつかない溜息《ためいき》を漏《も》らす。

「ケンカしたと言えばした…ね。なんか煙《けむ》に巻いたような言い方だよな。ケンカだったら、東なんかは露骨《ろこつ》に『ケンカした』ってのが態度に出そうなもんなのに」

「じゃあ、ケンカじゃなかったんだよ」

「秋月ィ、おまえな〜っ」

「とにかく、今は一緒にいたくないから一緒にいないだけ。俺と克征は必ず一緒にいなきゃいけないってもんでもないだろ？」

「そりゃそーだけどさ。おまえらのケンカって、なんか冷え冷えと寒いぞ」

「そうかな？　俺は友達とケンカしたなんて経験ないから、こんなもんだと思うけど」

「……訂正。おまえのケンカが寒いんだわ」

小島の言葉を無視するではないけれど、摑《つか》み所《どころ》のない応対で核心を語らない稔人に、小島もそれ以上その話を続けようとはしなかった。

グループの話題は、修学旅行での自由行動に移される。その頃には、周囲も稔人と克征に対する興味より、修学旅行の話で盛り上がり出していた。

小島達の話に穏やかな笑顔で合わせながら、稔人はまったく別のことを考えていた。

(俺のケンカが寒い、ね)

真正面からぶつかったケンカであっても、自分はこういう態度に出た気がする。でも、それがそのまま二人のケンカの形になるなんて、克征のキャラクターじゃない。

感情型の克征だったら、冷戦状態を長々と続けるよりも、激しい口論や時には殴《なぐ》り合《あ》ってでも白黒つけたいところだろう。それなのに、稔人と同様に克征も稔人を見ない。稔人と同じく平常モードで過ごしている。

そう、克征こそがこれをケンカだとは思っていないのだ。つまりは、そういうことなのだ。

(全部解っていた結果だ)

克征を必死に見ないようにして、それでもついつい克征のことばかり考えてしまうのに、克征のことなど考えていないのだと思い込もうとする。矛盾《むじゅん》だけれど、克征のことばかり考えていると認めてしまったら、克征を見るのと同じことになってしまう。

そんな稔人は、皮肉屋である筈の自分が最近では皮肉を言う余裕もなくしてるなんて、気づいてもいなかった。

夜の町。今日も仕事で父母は自宅を空《あ》けている。以前ならそういう時は稔人の家に押しかけていたのだが、これはもっと以前のパターン。

地下にある洒落《しゃれ》たカクテル・バー。カウンター席でキューバ・リブレを一気に呷《あお》った克征は、バーテンダーにグラスを差し出すと同時に次を注文した。

「今度はハイボールちょーだい、ハイボール」

隣でエンジェル・キッスのグラスを手にしていた加奈は、これ見よがしの溜息をつく。

「人の奢《おご》りだと思って飛ばすじゃない。でも此処《ここ》は、自棄酒《やけざけ》するようなお店じゃないのよ」

「悪かったな、自棄酒で。ったく、稔人の奴《やつ》っ」

「本当に荒れてるわね。このところ、偶然に頼らないでコールして摑まえてくると思ったら、稔人くんの愚痴《ぐち》ばっかり」

「ケータイで摑まえたからって、加奈《かな》だっていつも俺に付き合ってくれる訳じゃないじゃん。だったら、付き合ってもらってる時ぐらいは絡《から》んだっていいだろ」

「いつもいつも克征とばっかり付き合ってられないわよ。男はあなただけじゃないんですからね。特に最近の克征じゃね」

「──他の女と遊んでりゃ、人の学校まで文句言いに来るくせに、勝手だな」

「あれはあなたが他の女と遊んでるのが面白《おもしろ》くなかったんじゃなくて、あたしを差し置いて他の女から遊びだしたのが面白くなかっただけだって言ったでしょ？　そういう不義理しといて、こういう時にばっかりあたしのとこに来るんだから、勝手はお互い様よ」

「仕方ないだろ、こーゆう絡み方できる女は、加奈しかいないんだから」

バーテンダーからハイボールを受け取り、この上ない仏頂面《ぶっちょうづら》でグラスを口に運ぶ克征を見つめながら、加奈はカクテルピンに刺さっている生クリームのついたマラスキーノ・チェリーを唇に当てる。

「そりゃ、こっちでのあなたの女友達で稔人くんのことを知ってるのはあたしだけだし、愚痴の登場人物から一々説明したくないっていうのは解るけど、それで具体的な愚痴の内容を話してくれないっていうのはフェアじゃないと思うのよね」

「……話せる内容なら、とっくに具体的な愚痴を言ってるね、俺は」

「だったら、何も愚痴る相手はあたしじゃなくたっていいじゃないの」

「女にはカッコつけたいのが男っしょ？　そりゃ加奈だって女だけど、加奈にだったら男の顔だけじゃなく子供の顔もできるからさ」

「高校生の顔じゃなくて、子供の顔…ね。それをあたしだけに見せられるって根拠は、解りやすいぐらいに解るけど、複雑な心境だわ。結構イイ男に育てたと思ってたんだけどなぁ」

「だから、普段は加奈の前でもイイ男してるじゃん。文句だったら稔人に言えよ」

手におえない克征のぐれっぷりに、それでも加奈は真っ赤な唇についた生クリームを官能的な舌使いで舐《な》め取《と》り、妖艶《ようえん》さを醸《かも》し出《だ》すように白い歯で挟《はさ》んだマラスキーノ・チェリーをカクテルピンから引き抜く。

「まぁ、いいわ。それで？　折角《せっかく》あたしが付き合ったんだから、今夜はあなたも最後まで付き合ってくれるのかしら？」

「パス。今、そーゆう気分じゃないって解ってんだろ？」

「だとは思ったけどね」

加奈は一気に色気を手放すと、頬杖《ほおづえ》をついてチェリーに口をモゴモゴさせる。

「それで、稔人くんがどうしたの？」

「あの野郎、俺のこと見ようともしやがらねぇ。そりゃ、友情クラッシュ覚悟してあんなことしたのは俺だけどさ。人のこと露骨《ろこつ》に無視して、何事もなかったように他の奴等《やつら》にはにこにこしやがって……最近じゃ定番の皮肉も出ないご機嫌《きげん》っぷりときたもんだ」

「友情クラッシュ覚悟ね。あなた、何した訳？」

「……大体、あいつがあんなに冷静なのに、俺だけ熱くなるなんて悔《くや》しいじゃん。意地でもあいつと同じ態度取るしかないってーの。ストレス溜《た》まるし、頭くるぜ」

「はいはい、それで学校のお友達にも愚痴れず、あたし相手に絡むしかないって訳ね。そりゃ、稔人くんの手前、意地で冷静なふりしてるのに、共通のお友達相手に愚痴ったらボロが出るわよねぇ。高校生は色々と大変だこと」

からかうような加奈に、克征はムッとしながらハイボールを一気。カラになったグラスを、バーテンダーに突きつける。

「ジン・トニック、おかわり！」

加奈は付き合いきれないとばかりに、リキュールグラスに意識を向けた。

カカオの香りを堪能《たんのう》しながら、内心では「やれやれ」という気分。元々、他人に対して面倒見が良いタイプではない。

（だけど…ねぇ）

克征が加奈だけを絡める女とするように、加奈も克征じゃなければ最初から愚痴られるだけだと解っている相手に奢ってまで付き合ってはいない。

ただ、ここまでくると流石《さすが》に辟易《へきえき》ともしてくる。

（稔人くん、か。まぁ、わりかし好みではあったわね）

物事は建設的なのがいい。それに、これは憂《う》さ晴《ば》らしにもなる。

克征の愚痴を右から左に聞き流しながら、加奈の思考回路は全然別の方向を向きだしていた。


情報が回るのは早い。特に女子の間では――…。

「ねぇねぇ、東先輩と秋月先輩ってやっぱりクラッシュしちゃったらしいよ」

「前はよく一緒にいたのに、最近は全然だったもんね」

「あ〜ん、あの美味《おい》しいツーショットが見れなくなっちゃうなんてーっ」

同学年だけじゃなく、下級生の間にも知れ渡ってるらしい。ちなみに、上級生の間でも噂《うわさ》になっていることは既に確認済みだ。

(まったく、なんだって一生徒の交友関係が学校中の噂にならなきゃならないんだ?)

ヒソヒソ話とコソコソした視線がうるさい一日をどうにか終わらせて校舎を出た稔人は、この噂が下級生の間にまで広まっていたことに危惧《きぐ》する。

——すると、案の定……。

「お兄ちゃん!」

「栞《しおり》」

「待ってたの!!」

仔ウサギのように駆け寄ってくる栞の姿に、『やっぱり』と思いながらも稔人はいつもの笑顔を取《と》り繕《つくろ》った。

「学校で待ってなくたって、用事があるんなら帰ってからいくらでも……」

「だって、気になって仕方なかったんだもの! だって……だって……!!」

LHR中の教室で、稔人自身が克征との不和を公言してしまったようなものだ。栞が気に病む根拠が解っていても、これは誤魔化《ごまか》し切れないだろう。

それでも、稔人はいつもの笑顔を崩さない。

「栞が気にすることじゃないよ。原因はおまえじゃないんだから」

「でも、こんなにいきなり、東さんとケンカなんて」

「いきなりじゃないだろう？　おまえのことがある前から、俺達、おかしかったじゃないか。加奈さんが克征を迎えに来た時に、気づかなかった？」

「それ…は……」

合点はいくものの、それでも納得できないような表情で栞はその後を続けた。

「それはそう…だけど……。あたし、やっぱり東さんに言わなきゃ良かったな。あたしなんて、最初から無理だって解ってたんだもん。でも、口に出されちゃったら、正直な答えを返してくれた東さんだって気にしちゃうよね。東さんはお兄ちゃんの親友だし、お兄ちゃんてあたしのこと……すごく大事にしてくれてるし……」

直接話法を最低限に避けてるとはいえ、この言い方じゃ誰が聞いてもネタがバレる。その程度の配慮《はいりょ》しかできなくなっているあたり、栞の追いつめられ具合が解る。

確かに、栞のことがなければ、あんなこともなかっただろう。でも、それこそが栞の責任じゃない。

タイミングがタイミングだ。具体的な理由を省《はぶ》いて栞のせいじゃないといくら言っても、栞がそれを鵜呑《うの》みにできないのは仕方がないかもしれない。それでも、堂々巡《どうどうめぐ》りのフォローが空《から》回《まわ》るのに、いい加減うんざりともしてくる。

栞への気遣いを面倒だとは思わないけれど、今回だけは稔人も余裕がなさすぎた。だって、このことだけは栞ばかりを基準に考えられない。

「あれ？　また校門の方が騒がしいな」

話を逸《そ》らす切っ掛けを探そうとしたところで、稔人はそれに気がついた。

他人が何に騒いでいるのかなんて気にもならないけれど、校門は帰宅コースへの必然ルート。その騒ぎが栞と二人で帰る道のりでの話題になってくれれば助かるという気持ちで、興味のあるふりで歩調を速める稔人に、栞も慌《あわ》ててついてくる。

「こんにちは、稔人くん」

今回の騒ぎの原因は、またもブガッティ。加奈は稔人を見つけると、笑みを浮かべて手を振った。

加奈が騒ぎの原因じゃ、栞との話題になんてできやしない。それどころか、克征の話題に加奈の話題まで加わるなんて、最悪にも程がある。

先日に続いての加奈の来訪に、隣にきた栞の視線がチクチクと刺さる。

「――克征だったら、まだ教室にいましたよ」

下手《へた》な会話になるよりは、加奈に聞かれるだろうことを先に答えて、稔人は背を向けようとした。それを加奈はやんわりと引き止める。

「今日は克征じゃなくてあなたに用があって待ってたのよ」

「俺に…ですか？」

「そう、あなたに。時間ある？　ちょっと付き合ってもらってもいいかしら？」

視線でブガッティへの同乗を促《うなが》す加奈に、稔人は即答できなかった。

加奈との接点は克征しかない。加奈が稔人に用事があるなんて、克征のこと以外にはなかった。

今、よりにもよって加奈を相手に克征の話なんてしたくない。その反面、一～二度顔を合わせただけの稔人を加奈がこんなふうに迎えに来るほどの用件を聞く前から切り捨てられるぐらいなら、克征に友情以上の気持ちなんて最初から持ったりはしなかった。

「……お兄ちゃん……」

躊躇《ちゅうちょ》する稔人の腕に、おずおずと手がかけられる。

その不安そうな呼びかけが、どっちつかずだった稔人に決定をくだす。

(これで栞と二人きりで帰るよりはマシ…か)

稔人は溜息で栞の手からスルリと腕を引くと、

「悪い、栞」

と一緒に帰れなくなったことを詫《わ》び、下手《へた》な質問や引き止めがくる前にブガッティに乗り込んだ。

「ごめんなさい。お兄さん、お借りするわね」

克征と一緒にいる時より、誘った稔人に対して見せるより、自分の魅力を誇示《こじ》した艶笑を栞に投げると、栞がその迫力に怯《ひる》んでいるうちに加奈は運転席に乗り込んでブガッティをスタートさせた。

「悪かったわね、急に。さて、何処《どこ》に行きましょうか？　此処から出やすいところで学生服で入れるお店だと『ペイ・ナタール』が無難なんだけど、あそこの駐車場だとこの子《ブガッティ》がお腹擦《こす》っちゃうのよ。『フォンテーヌ』あたりでいい？」

「お任せします」

克征を相手にしてる時はどうだか知らないが、店の名前を言われたって稔人には解らない。

稔人はプイッと窓の外に顔を向けた。

都内の一等地にある『フォンテーヌ』は、その名の通り、店内の中央にある噴水《フォンテーヌ》が店の雰《ふん》囲気《いき》を作り上げている。

日当たりの良い窓際席。加奈《かな》はメニューも開かずに、稔人《みのる》に聞いた。

「夕食にはまだ早いけど、どうせだったら食事もしてっちゃう？　此処《ここ》、前菜ではキャビアのカリフラワームースがお薦《すす》めよ」

「この時間帯で開店しているってことは、お茶だけでも平気ってことですよね？」

「育ち盛り食べ盛りの高校生が、お腹すいてないの？」

「高校生が一食に払える金額の店じゃないのは、一目で判《わか》りますよ。俺はアイスミルクティーにします」

「あら、あたしが誘ったんだもの。あたしが払うわよ」

「俺はアイスミルクティーがいいです」

突慳貪《つっけんどん》に言った稔人に、加奈は面食らったようだった。それに稔人は内心で舌打ちする。大して面識もない相手なのに、日頃の愛想笑《あいそわら》いができないどころか、いきなりの八つ当たりだなんて醜態《しゅうたい》もいいところだ。


しかし、そんな稔人の自己嫌悪などは、加奈にとってどうでもいいことだったらしい。そして、その驚きは稔人の主観と論点を違えていた。

「克征《かつゆき》のお友達なのに、性格は随分《ずいぶん》と違うみたいね。克征は、どうせ奢《おご》りとばかりに食べるわよ」

一瞬の驚きは一瞬だけにとどめ、加奈は注文を取りに来たギャルソンに告げる。

「アイスミルクティーとプッシーフット」

ギャルソンが下がると同時に、加奈は本題を切り出した。

「用っていうのは、克征のこと以外にないんだけどね。稔人くん、克征と何があったのかしら？」

「……どうしてです？」

「このところ、克征が荒れまくってるのよ。セックスする気がない上に、絡《から》みたいものだから、あたしにばっかり連絡取ってくるの。克征だったら甘えられるのも悪くはないんだけど、限度を過ぎると付き合いきれないのよね。だからって、今の克征にはあたししか発散場所がないみたいだし、それが解《わか》っているのに逃げ場を取り上げるのは気が引けるじゃない？　だったら、克征が荒れている原因である稔人くんになんとかしてもらおうとね」

いきなり聞かされた一言《セックス》で、今更《いまさら》な愛想笑いを浮かべようとするよりも、自己嫌悪したばかりの八つ当たりが必然となってくる。

「俺が原因なんて、加奈さんの勘違いですよ。第一、克征は学校じゃ荒れてるどころか、いつもより楽しそうにやってるぐらいじゃないかな？」

「それは稔人くんの方だって克征からは聞いてるけど？　ちょっと会っただけのあたしじゃ気づかなかったけど、稔人くんて普段は結構な皮肉屋なんですって？　それが、最近は皮肉も言わずに克征以外のお友達と仲良くやってるそうじゃない」

「あいつ、そんなことまで話してるんですか？」

「言ったでしょ？　あたし以外に当たれる相手がいないのよ。それなのに、具体的なことになると話を逸《そ》らすんだから」

「俺のことまで出てるなら、充分具体的な話になってると思いますけどね」

不愉快《ふゆかい》さを隠そうともしない稔人に、加奈は吐息《といき》で笑う。

「だって、稔人くんを名指しにした愚痴《ぐち》だもの。稔人くんの話をしないでどうやって愚痴るの？」

「さぁ。俺には関係ないことですから、それを聞かれても答えようがないですよ」

加奈だけが克征の愚痴れる相手。そんな特別さを見せ付けられて、ただでさえ尖《とが》っていた稔人は一層尖る。

「克征にしろ、稔人くんにしろ、意固地ねぇ。これじゃ、稔人くんになんとかしてもらえそうにはないか。まぁ、それはあなたを誘う口実でしかなかったんだから、別にいいんだけど」

そこに、アイスミルクティーとプッシーフットが運ばれてきた。加奈の前に置かれたカクテルグラスに、稔人は眉《まゆ》を顰《ひそ》める。

「加奈さん、車なのにいいんですか？」

それに加奈は意味深な笑みを返す。

「プッシーフットはノンアルコールのカクテルなのよ。もっとも、プッシーフット《ノンアルコール》にしたのは運転があるからじゃないけどね。あ、失礼していい？」

バッグからライターと煙草《たばこ》を取り出して尋《たず》ねた加奈に稔人が答えるより早く、加奈はフィリップモリスのボックスから抜き取った一本を口に銜《くわ》えて火をつけていた。

「女が初めての男が吸っていた煙草を吸いだすっていうのはありがちって聞くけど、克征が吸ってるのもコレなのよね。あの子の場合、あたしと知り合う前からのスモーカーだし、あたしが吸ってたからっていうより、たまたま味が気に入ったってだけなんだけど」

「スモーカー？　克征が？」

「あら、知らなかった？」

知らなかった。克征がスモーカーであることも、加奈が克征の初体験の相手であるということも……。

それをなんでもないことのようにサラリと言われたのがショックだ。

「初めて寝た時、終わった後のベッドの中で気まずさを誤魔化《ごまか》すように克征が煙草を吸ったのが、あの子の喫煙《きつえん》習慣を知った最初。あの頃は克征って、マイルドセブンだったのよ」

「――さっきからの『あの子』って言い方、随分な子供扱《あつか》いですね。そういうのを不快に思わない男はいませんよ」

自分の不愉快さを克征の気持ちの代弁に摺《す》り替《か》えた稔人に、加奈は軽く双眸《そうぼう》を見開いた後、さも可笑《おか》しそうにクスクスと笑った。

「あの子はあたしがいくら子供扱いしたって怒りゃしないわよ。だって、実際に子供なんだもの」

「露骨《ろこつ》に怒らないのは、あいつだったら男としての見栄ってとこかな？　それでも、好きな女《ひと》に子供扱いされて喜べる男なんていないんじゃないですか？」

そんなことも解らないなんて愚鈍《ぐどん》なんですね…という侮蔑《ぶべつ》を込めた稔人の台詞《セリフ》に、加奈は瞬時呆気《あっけ》に取られ、次《つ》いでジョークを聞いたかのようにケラケラと笑った。

「好きな女？　そりゃ、克征はあたしを好きなんだろうし、嫌いだったらあなたとのことを愚痴るなんて弱みも見せてこないわね。でも、好きな女って……克征はあたしを女として好きな訳《わけ》じゃないわよ？　あたしにだって、克征は男じゃなくて弟のようなものだし」

「……え？」

「嫌いな相手に自分の弱みを見せたりしないのと同じぐらい、女として好きな相手に自分の恥を晒《さら》したりはしないでしょ？　最近の克征の絡み具合と愚痴は、充分恥《はじ》のレベルよ」

克征の愚痴の詳細《しょうさい》は知らないが、加奈の言う理屈はもっともだ。でも……だけど……。

克征は加奈が好きなんだ。加奈を好きじゃなきゃおかしい。そうじゃなければ辻褄《つじつま》が合わない。

「でも、克征…は……。だって、加奈さんは克征の……初めての相手…って……」

「そうよ。だから、弟って意識が生まれたのかしら？　相手が『男』だったら、あんな鬱陶《うっとう》しい愚痴に付き合ってられないわよ」

だけど、プールで会った時、克征が加奈に見せた顔は『男』だった。加奈の態度だって、『男』に対するものだった。

混乱する稔人に、加奈は紫煙を昇《のぼ》らせる煙草を指先に挟《はさ》んだ手で頬杖《ほおづえ》をついた。

「稔人くんて、まだ、女性経験ないんでしょ？　あたし、克征だけじゃなく、あなたの『初めての女』になってもいいわよ」

「そ…んなの……恋愛感情なしですることじゃないでしょ？」

「固いのね。そういうのって考え方によるし、ケース・バイ・ケースでもあるんじゃない？言ったでしょ、克征のことはあなたを誘う口実だったって。あたし、あなたに興味があったの。それに、経験してみれば稔人くんにもあたしや克征の感覚が理解できるんじゃないかしら？」

よく知りもしない加奈《おんな》との初体験《こうい》に興味はない。だけど、理解不能な克征の感覚を理解できるかもしれないという誘いにグラリとこないではなかった。

稔人はいきなりな喉《のど》の渇《かわ》きを覚えて、慌《あわ》ててアイスミルクティーに添えられてきたストローのパッケージを切った。


「ホテルにする？　それとも、あたしの部屋がいいかしら？」

「……どっちでも……」

「冷めてるのね。本当に初めて？」

「あなたが初めてだって決め付けたんでしょ？」

「決め付け…ね。すぐに確認できることだからいいけど。それじゃ、あたしの部屋にしましょう。克征も初めてはあたしの部屋だったのよ」

　店を出て駐車場に向かう。バッグから車のキィを取り出しながら、加奈は稔人がこの後の行為を断らなかったことにすっかり上機嫌《じょうきげん》で、今こうして紡《つむ》いでいる会話までを存分に楽しみだしている。

　だけど稔人は、初めての行為に緊張も期待も感じられない。そんな稔人に呼応するように、加奈のテンションに水をさす声がかけられた。

「——稔人が加奈の好みってのは、解っちゃいたけどな。おまけに、こないだ稔人が栞ちゃんとのツーショット決めてるの見て、一層ちょっかいかけたくなったんだろ？」

「克征!?　あなた、どうして此処にいるのよ？」

「校門前までブガッティで乗り付けてりゃ、耳にも入るって。特に、こないだ俺を迎えに来たばっかだったしな。んで、そいつ《ブガッティ》の顎《あご》も腹も問題にならない駐車場持ってるおまえの行きつけの店っていったら、十中八九《じっちゅうはっく》此処だろう…とね」

　立てた親指で後方のブガッティをクイッと指した克征に、加奈は拗《す》ねたポーズで唇を尖らせる。

「此処に来れた理由は解ったけど、なんだって此処まで来たのよ？」

「普通は子供っぽい仕草なのに、そーゆうのまで色っぽくなっちゃうお姉さんの毒牙に稔人がかけられないよーに」

「なんか頭にくる言い方だわね。克征にあれだけ愚痴られたんだから、これぐらいのご褒美《ほうび》があったっていいと思うわ」

「俺のツケを稔人に払わせようとすんなって。それより、此処って電車じゃ来にくいんだよな。表にタクシー待たせてあるんだわ。支払い頼む」

「しょうがないわね。いくらなの？」

「あ、金額確かめてくんの忘れちまった。加奈、払ってきてくれっか？」

遠慮《えんりょ》もなく言った克征に、加奈は仕方なさそうに手にしたキィをバッグに戻した。

「ほんっとにしょうがないわね。だったら、あんたもこの後付き合いなさいよ」

「3P？　俺、そーゆう経験はまだないんだけどな」

「だったら、経験値上げるチャンスでしょ？　ギブ・アンド・テイクよ。稔人くんのせいで最近その気になれなかったんなら、稔人くんが一緒だったら案外とその気になったりするんじゃない？」

まだ陽も落ちないうちから、レストランの駐車場で交わす会話とは思えない過激な発言。無茶苦茶な理屈。

茫然《ぼうぜん》とそのやり取りを眺《なが》めていた稔人の視界で、加奈が仕方なさそうに駐車場を出て行く。

「じゃあ、ちょっと待ってなさい」

加奈はそう言い置き、克征はそれに笑顔で頷《うなず》いて手を振ったというのに、加奈の背中が死角に入った途端、驚き覚めやらない稔人の手を克征はガッと摑《つか》んだ。

「ほら、加奈が戻ってくる前に逃げっぞ」

「えっ?」

「ボケッとしてんな」

それまで、稔人を蚊帳《かや》の外に差し置いておきながら、いきなり力任せに手を引く克征に、稔人は有耶無耶《うやむや》のうちに従っていた。

「思ったより早く出てきてくれて助かったぜ。本当は店の中に踏み込んでやるつもりだったんだけど、そしたら加奈のことだからウェイターにタクシー代払いに行かせて、自分の足なんか使う訳ゃねーかんな」

「じゃ、そんな時間、タクシー待たせて……」

「そんな時間、タクシーがおとなしく待っててくれっこねーだろ」

では、なんで加奈はタクシー代を払いに行ったんだ?

「ほら、横道入るぞ。大通りなんて歩いてたら、すぐに摑まっちまう」

稔人の疑問に答えるつもりもなく、克征はそう言い切った。

ブガッティが乗り入れられない道を選びながら、克征《かつゆき》は駅を目指す。雑多な裏通りに入ったことで、一気に変わるビジュアル。開店の準備を始めている健全な店や、そうじゃない店。学生服の男が二人、手をつないでいることに集まる道行く人々の視線。

だけど、稔人《みのる》の頭にそんな状況は入ってこない。それなのに、自分の手を掴む克征の力強さとその体温だけがやけにリアルだった。

そのリアルさに、一層、混乱が増す。

流されるまま流されて、加奈《かな》と初体験することになって、訳《わけ》の解《わか》らないままで克征にそれを回避させられて――…。

混乱の揺り返しのようにそこから押し寄せてくる情報が、新たな混乱に拍車をかける。

加奈は克征の初めての女。だけど、二人に恋愛感情はない？ 克征は加奈にとって弟のようなもの？ だったら、何故《なぜ》、今稔人は克征に手を取られて、こんなところにいる？

その時、克征が怒った口調でボソリと言った。

「まったく、稔人らしくないじゃん。本気で加奈の誘いに乗るつもりだったのかよ？」

それは、混乱の中でたった一つの答え。その一言は、混乱と一緒にずっと抱《かか》えてきた鬱憤《うっぷん》を爆発させる恰好《かっこう》の機会だった。

稔人は遮二無二《しゃにむに》克征の手を振り払う。

「誘ってきたのは加奈さんだ！　ジェラシーで責めるんだったら、加奈さんを責めればいいだろっ」

「稔人？」

「大体、あんな女のどこがいいんだ!?　あの人はおまえのことを弟としか思ってない！　俺との今回の行為《コト》だけ阻止《そし》したって、あの人、おまえ以外の何人の男と寝てるか判《わか》ったもんじゃない！　興味だけで俺とやろうとするような人だからな!!」

「そんなの……加奈の自由だろ？　おまえ、何言ってんだよ？」

稔人の罵《ののし》りの内容よりも、初めて目にする激昂《げっこう》に、克征は度肝《どぎも》を抜かれる。しかし、そんな克征の様子は稔人にとって白々しさにしか映《うつ》らなかった。

それが、火に油を注ぐ。

「好きなんだろ、加奈さんのこと！　それなのに……それがおまえの男としての見栄なのか？　おまえは俺の気持ちを知ってからかうだけじゃなく、こんなとこでそんなちゃちな見栄を張るのかよ!?　最低だなっ!!」

稔人の気持ち？　からかう？　なんのことだ？

「訳解んねーぞ、おまえ。俺が加奈を好きって、どっからそーゆうことになるんだ？」

まったく訳が解らないからそう言った克征に、稔人は一層憤慨《ふんがい》する。

「誤魔化《ごまか》すな！　初めての女で、同じ煙草《たばこ》吸ってて、栞《しおり》が好きだなんて嘘《うそ》ついて、俺に……俺にあんなことしたのも、加奈さんに弟としか思われてないことでの憂《う》さ晴《ば》らしだったのかよ⁉」

「だから、ちょっと待てって！　なんでそこでまで加奈が出てくんだよ⁉　あいつにとって俺が弟なら、俺にとっても加奈は姉貴のようなもんだぞ‼」

道行く人々の視線が先刻以上に強くなる。しかし、当人達にはそれどころじゃない。

「だったら、栞のことはなんだったんだ⁉　あんなに好きだって言っといて、栞が告白したら『他に好きな人がいる』って答えたんだってな？　それで、加奈さんは姉貴のようなもの？　ふざけるのも大概《たいがい》にしろ！」

「だから、どうしてそれが加奈になるんだよ⁉」

「加奈さん以外に誰がいる？　それなのに、栞の気持ち弄《もてあそ》んで、俺がおまえを好きなこと知ってて無理矢理あんなことして……挙句《あげく》の果てにやりながら『栞ちゃんと似すぎなんだよ』だって？　俺が栞と似てるから、なんだって言うんだ⁉」

好き？　稔人が自分のことを好き？　そんなのは初耳だ。

感動にも似た驚きは、だけど、喜びには直結しない。可能性にすら期待できなかった稔人の気持ちが克征へとそういう意味で向いてたのだとしたら、何故、克征の気持ちに気づかない？　栞を傷つけるしかなかったほど、あんなことをするほど、克征の気持ちは露骨でさえあったのに……。

「だから、なんでそれで解らねーんだよ⁉　それでどうして加奈が出てくる⁉」

稔人はやたらと疑問を訴《うった》えてくるが、克征にしてみれば稔人の疑問の方が解らない。疑問でそれだけの要素を把握《はあく》しているのなら、どうしてこんなに簡単な謎解《なぞと》きができない？

言うだけ無駄《むだ》だと思う前に、男に対してこんな気持ちを口に出すなんて思いつきもしなかった。それが克征の観念だったけれど、稔人にここまで訳の解らないことをほざかれまくられれば、告白という意識もなしに反論せずにはいられない。たとえ本人に自覚がなくとも、稔人の気持ちを知ってしまったら言わずにはいられない。

「ああ、栞ちゃんには他に好きな奴がいるって言って断ったさ！　俺だって栞ちゃんを好きだと思ってたけど、おまえと栞ちゃんが似すぎてたんだから仕方がないだろう⁉　まさか、本当に好きなのが男だなんて誰も思わないじゃねーかっ‼　ああ、そうだよ、俺はおまえが好きなんだ！　好きじゃなかったら男相手にあんなこと……男相手に役に立つかってんだ‼」

怒鳴るように言った自分の声の大きさに、最初に我に返ったのは克征だった。

途端、此処が公共の場であることを思い出し、周囲からの注目を如実《にょじつ》に感じて血の気が下がる。混乱で冷めない感情《テンション》とは別に、スウッと背筋が寒くなる。

「う…嘘だ！」

だけど、感情を爆発させてしまった勢いですっかり収拾がつかなくなっている稔人は、そんなことをいきなり言われても一層混乱するだけで、情報として理解できない。

「おまえが俺を、だなんて……。だって、おまえには加奈さんが……。だ…って……だって、おまえも……おまえも栞が好きだって……‼」

自分でも、もう何を言っているのかまで解らなくなる。勢いづきすぎて、半分ヒステリーのようになっているのかもしれない。

そんな稔人を、克征は慌《あわ》てて止めに出る。

「ちょっ……ちょっとストップ、稔人！」

「栞より俺を好きなんて、そんなのある筈がない‼」

「ちょっと待てって、稔人！　周り見ろ、周り‼」

「……え……？」

ハッとして周囲を見れば、通行人は最早立ち止まってこちらを窺《うかが》っていた。

「……あ……」

注がれる視線に、自分が……自分達がどれだけ恥ずかしいことをしていたのか、遅ればせながら気づいた稔人の顔どころか全身がカァァァッと一気に熱くなる。

咄嗟《とっさ》に踵《きびす》を返して逃げようとした稔人を、克征は有無を言わせずに引き止めた。

「——場所、変えよう」

反射的に克征の手を振り払おうとしたけれど、手首を握《にぎ》る力は痛いぐらいだった。

稔人はキュッと唇を噛《か》み締《し》める。

勢いとはいえ、あそこまで言ってしまったら、もう本心を言うしかないだろう。そりゃ、あそこまで言ってしまった後で、何を誤魔化すというほどのものも残ってはいないのだけれど。終わりだ…と思った。克征との関係はとっくに終っているのに、改めてそんなことを思う自分が、泣きたくなるほど滑稽《こっけい》だった。

可愛《かわい》い栞。実の兄から見てもあんなに可愛いんだから、男だったら惚《ほ》れなきゃ嘘だとまで思う。

……だけど……。

こぞって栞に夢中になっていった友人達。栞を知った途端、栞を話題の中心にしていった友人達。

いつのまにか彼等には栞が一番で、だったら、自分の価値はなんなのだろう？　栞の兄である、ただそれだけか？

「……なるほどね」

カラオケボックスの一室。克征は喉《のど》を冷たいもので潤《うるお》すことで少しでも気を静めようと、ジンジャーエールの入ったジョッキをストローを使わずに直接口に運んだ。

「んで、俺も御多分に洩《も》れず、栞ちゃんに会った途端、惚れた腫《は》れたと騒いだって訳だ」

高ぶった感情を必死に抑えようとする克征の自嘲《じちょう》を、けれど稔人は自分に対する嘲《あざけ》りと取ったらしい。

稔人の唇にも薄く自嘲が浮かぶ。けれど、自分でも免疫《めんえき》のない激昂《げっこう》に、落ち着かなきゃいけないと思っても気持ちは中々落ち着いてくれない。

「当然だ…と思う。俺はその程度の奴《やつ》なんだから。いつもだったらそんなもんだって納得して、相手だって俺のことその程度にしか見てないんだから、俺もそいつを友達だと思わなきゃいいで済んでたんだ。けど、おまえの場合、如何《いかん》せん友情じゃ済んでなかったのが運の尽き」

「卑屈《ひくつ》だな。同性と異性への価値なんて、同じ天秤《てんびん》で量れるもんじゃねーだろ?」

「ど…うせ、卑屈だよ! 俺にとってはそんな理屈より、友達が栞に会った途端、俺はそいつの友達じゃなく『栞のおまけ』になるっていうのが、はっきりしてる事実だったんだから! おまえだって、そうだったんだから!!」

抑えようとしてもついつい声が荒くなる稔人に、克征も気を静めるどころかイライラが増してくる。

克征には想像のしようもない感覚だったが、稔人の母の我子《わがこ》に対する直感で『人間不信』というヒントまでもらっておきながら、それをまったく役に立てられなかった自分にも腹が立ってくる。

「おまえさ、自分が学校でどれだけ人気あるのか、しっかり自覚はしてたよな？」

「ああ、ルックスは栞に似て悪くないからね。それに、友達がいないのと嫌われ者であることは違うだろ？　人間的価値がない分、愛想《あいそ》だけは振《ふ》り撒《ま》いてたことだし」

それでも皮肉もなしじゃやってられなかった。そして今は、そんな日頃とは比べ物にならない毒舌にならなきゃやってられない。

ここまでいくと自虐《じぎゃく》行為もいいところだ。それでも克征は限界まで忍耐力を振《ふ》り絞《しぼ》ったのだが……。

「順番から言って、おまえが栞ちゃんに似てるんじゃなくて、栞ちゃんがおまえに似てるんだよ」

「順番だけならね。でも、人間的な価値から言えば、俺が栞に似てる以外にないだろ」

「俺にとっては、栞ちゃんがおまえに似すぎてた！　だから、栞ちゃんが好きなんだと錯覚《さっかく》したんだよ‼」

「……栞を好きだって言いながら、別の女が本命だったたってパターンは初めてだけどね」

「だから、どうしてそーなるよ⁉　おまえが好きだってさっきから言ってるのに、なんだってそこまで話を逸《そ》らす⁉」

公衆の面前であれだけ恥《はじ》も外聞もなく大騒ぎした後で、今更《いまさら》の体裁なんかはどうでもいい。

互いに何度も相手への気持ちを吐露《とろ》し合《あ》いながら、それでも告白という雰囲気《ふんいき》にはならないのがもどかしい。特に稔人は、克征の告白を端《はな》から信じていない。

苛立《いらだ》つあまりに無意識でポケットを探った克征は、自分が制服姿だと思い出して激しく舌打ちした。

「コレのポケットにゃ流石《さすが》に入れてなかったか。ったく、今までおまえといる時は吸う必要なかったのにな」

「煙草《たばこ》？」

「初めて吸ったのは小五ン時だったかな？　親父の買い置きに手ぇ出したのが最初。両親が滅《めっ》多《た》に家にいないってのは自由でいいんだけど、それは今でこそでさ。女もそれと同じ感覚だったんだよな」

性欲ではなく、寂しさを紛《まぎ》らわせる温《ぬく》もりでしかなかったと露骨《ろこつ》に苛《いら》ついた口調で言う克征に、稔人は例外を口にする。

「でも、加奈さんは違うだろ？」

「抱くって意味では同じだった…かな？　あいつは初めての女で、男として思い出したくもない不手際《ポカ》ってのもやったし、男としてのポーズのつけ方ってのは加奈に習ったってとこもあるしさ。そういう意味では、他の女と同じじゃないけどな」

「好きな人にまで、意外と淡白なんだな」

「もう、いい加減にしてくれよ！　俺、おまえにあそこまでしちゃったんだぜ？　あれって俗に言うレイプだったじゃんか!!」

レイプと言われて、実際にそういう行為だったと理解していたのにその単語に受ける違和感でギョッとする稔人に、克征は憮然《ぶぜん》とした。

「女にだって考えられないのに、男相手に無理矢理なんて、そんだけ好きじゃなきゃできねーよ! 好きな相手に淡白なんて、あんなことされといてよく言えるな!!」

あんなに誰かを抱きたいと思ったのも、誰かを抱いてあんなに熱くなったのも初めてだった。男同士で両想いなんて不可能だから、せめて身体《からだ》だけでも欲しかったなんて、それこそ男同士で無茶苦茶な理屈だが、まさか稔人も自分のこと好きだなんて思いもしなかった。可能性すらない相手だったから、あそこまで切れたんだ。

それなのに、稔人は克征を好きだと言いながら、克征の好きを受け入れないどころか信じようともしない。

「今、俺が何考えてると思う? 二人きりで話せる場所だったら、カラオケボックスよりラブホテルにしときゃ良かったって大後悔の真っ最中」

「な…っ!?」

「だって、そしたら、言葉で説明するよか早かっただろ? 両想いだってのに、この堂々巡《どうどうめぐ》りって最低だぜ」

「え? 両…想い?」

その一言で、稔人は唖然《あぜん》と克征を見る。

信じられなかったから、当然実感もなかったのだけれど、『レイプ』と同様に『両想い』というこの単語もギョッとするには充分なインパクトだった。

近年、同性愛は一部じゃファッション化されてるかもしれないが、それでも性別の壁はベルリンの壁よりも厚い。ましてや、ベルリンの壁のように壊されてはくれない。

男同士で両想いなんてありえないと思っていたのに、自分達に限っては両想いだった？　だけどそれは、稔人にとって夢にも見たことがない都合の良すぎる話で、だからいくらインパクトがあってもやっぱり信じられない。

「両想いなんて、それこそ克征の勘違いだよ。だったら、やっぱりおまえは栞が好きなんだ。栞と両想いなんだよ」

両想いの事実に、また稔人が水をさす。しかし、ここで水をさされるがまま沈没《ちんぼつ》するなんて克征にはできない。あんなことをするほどの想いが一方通行ではないと判《わか》ったら、もう諦《あきら》めるなんてできない。

「だから、なんでそこで栞ちゃんに戻るんだよ？　おまえ、俺の話ちゃんと聞いてたのか!?」

「だ…って！　俺が友達だと思った奴は、みんなそうだった…んだ!!　栞は可愛いし、俺なんか…っ」

「ダーッ！　こんだけ言ってんのに、振り出しに戻るなよっ!!」

自分に喝《かつ》を入れるように日頃のテンションを必死に取り戻して頭をガシガシと掻《か》く克征に、稔人は眉間《みけん》に刻んだ皺《しわ》を消さない。

そんな稔人に、克征はしみじみと言った。

「おまえが栞ちゃんにそんなコンプレックス持ってたなんて意外だけど、コンプレックスって見えてるようで見えてないもんなんだな」

「え……？」

「加奈なんかもさ、おまえが好みなタイプってだけじゃなく、栞ちゃんとのツーショット見たから、俺の愚痴《ぐち》に託《かこつ》けておまえにちょっかい出したに決まってんだよ。あいつ、可愛い系の美少女にコンプレックス持ってるとこあっから」

「加奈さんが？　でも、あんなに美人なのに」

「美人と可愛いは大違いだろ？　どっちかがありゃいいってもんじゃないらしいぜ、本人にってては。おまえだって、勉強ができてスポーツ万能ってだけでも他人が羨《うらや》む要素バッチリなのに、かてて加えてそんだけのルックスしててもそんなコンプレックス持ってるってんだから」

「さっきから言ってるだろ？　ルックスは……顔は栞に似てるから良いってだけだよ」

意固地なくらい頑《かたく》なな稔人に、克征はそれを思い出した。

「おまえら、やっぱ兄妹だよ。二人して同じこと言ってる」

最大の勇気で告白してきた栞。それが解っていても想いに応《こた》えられなくて、泣かせてしまった少女。

『俺はたまたま見る目がなかっただけで、栞ちゃんぐらい可愛ければすぐに新しい恋が見つかるって』

振ったその場で、この言い方は無神経かとも思ったが、他に言葉が見つからなかった。

『可愛いなんていくら言われても、そんなの……お兄ちゃんに似てるってだけだもの。お兄ちゃんに似てなかったら、可愛くもなんともないただのどんくさい娘《こ》よ、あたしなんて……』

稔人へのコンプレックスを栞は日頃から隠してはいなかったけれど、あの泣き笑いはきつかった…と、栞に告白された時のことを説明した克征に、稔人はさも意外な話を聞いたという顔をする。

「栞が？」

「まさか気づいてなかったのか？　栞ちゃんいつも言ってたじゃん。『あたしはお兄ちゃんと違ってどんくさくて、頭も良くなくて、取り得もなくて』ってさ」

「それは……だけど……」

「結局、隣の芝生は青いってヤツなんだろうけどね」

そして、いきなり克征は稔人の肩に両手をかけると、グッと引き寄せる。

稔人は克征の胸に咄嗟《とっさ》に腕を突っ張った。

「ちょっ……克征？」

「マジ、そろそろこの辺で納得してくれねーと、また切れるぞ。もう、ラブホテルじゃなくボックスでもいいって気になってきた」

「何、馬鹿なこと言って……!!」

「馬鹿なことじゃねーよ。両想いだって解ってんのに、なんだってこんな堂々巡りで俺達の恋愛自体には関係ない話ばっかしてる訳？　大体、おまえだって俺のこと好きとか言っといて、両想いだって解って嬉《うれ》しくないのかよ？」

「そんな……そん……あ……」

最後の一言にスイッチを入れられたように、稔人の顔がいきなり赤くなる。

両想い？　そう、両想いなんだ。それに気づいてしまったら、嬉しい気持ちが湧《わ》いてこなきゃ嘘だけど……。

赤くなった稔人に、克征はOKの返事をもらったとばかりに唇を寄せたが、稔人は無情にもそれをシャットアウト。

「おい、稔人！」

「だって、栞が……」

「この期《ご》に及《およ》んでまだ栞ちゃんかよ!?」

「だ…だって、栞もおまえのことが好きなのに……」

それでも、先刻とは少しだけ論点が変わっている。それに克征は、仕方なく稔人から身体を引かせた。

「カーッ、このシスコン！　そんなこと言ったって、どうにもならないだろ？　俺はおまえを好きなんだし、おまえも俺が好きなんなら、なるようにしかならねーじゃん」

「そんなこと言ったって……」

嬉しさと困惑《こんわく》と失恋した妹への罪悪感《ざいあくかん》でどうしていいか解らないという稔人に、本当は一気に事態《コト》を進めてしまいたい克征も、堂々巡りを続けるよりは妥協案《だきょうあん》を示すしかなかった。

「まぁ……両想いだって解っただけで棚ボタか。だったら、答えは急がねーよ。ただし、俺はもうおまえを逃がす気ねーから」

混乱している稔人を引き合いに出すまでもなく、切り替えの早さで克征の右に出る者はいない。後は後日に済《な》し崩《くず》しを狙《ねら》う克征だった。

稔人《みのる》の気持ちを知ったことでケンカの原因は消滅《しょうめつ》するし、女との憂《う》さ晴《ば》らしも必要なくなる。

自分の心にあっさりと整理をつけただけでなく、両想いの事実だけですっかりと機嫌《きげん》が良くなった克征《かつゆき》に、だけど、稔人はついていけない。

そりゃ、克征を好きな気持ちは変えようがないし、必要もないケンカを続けるようなマゾヒスティックな感性もないから、二人ワンセットのスタイルが戻ってくることに異存はないのだけれど……。

自宅に両親がいない日の克征が、夜の町で女と遊ぶのではなく稔人の家にやってくるのだって、戻ってきた日常。ただ、それまでとは意識が違うから、行動にはしっかりプラスα《アルファ》。

「……ん…っ」

稔人の部屋で、稔人を床に押し倒した克征は、その腹の上に馬乗りになると、思い切りのディープキス。

「折角《せっかく》両想いだってのに、未《いま》だ恋人に昇格させてもらえねーんだもんな。せめてもの待ち賃《まちん》に、こんぐらいのご褒美《ほうび》はねーと」

頭がボーッとするまで稔人の口腔《こうこう》を堪能《たんのう》してから唇を離した克征は、まったく悪びれていない。

稔人は恨《うら》みがましく克征を睨《にら》んだ。

「恋人でもないのに、こんなことするなよ」

「恋人じゃなくても、前にもキスはしたじゃん。おまえ、俺とがファーストキスのくせして今《いま》更《さら》ケチるなよ」

「あ…あれは、こんなキスじゃなかったじゃないか」

「そりゃ、今は両想いなんだから、自然とキスも変わるだろ？　それとも、稔人は嫌だった訳《わけ》？」

「……う…っ」

嫌…な筈がない。好きなんだから。大好きなんだから。でも……。

稔人の拘《こだわ》りを知ってるくせに、克征は意地が悪い。……というより、両想いになったってこと以外は何も考えてないのかもしれない。

「今から修学旅行のグループ、変更できねーかな？　やっぱ、こうなると一緒のグループがいいよな、一緒のグループが」

「人の腹の上で腕組みしながら考えるな。いい加減に降りろよ」

「えーっ、二人きりの時じゃないとこんなスキンシップさせてくんないくせに、とことんケチくさいなぁ」

「嘘《うそ》つけ。今日も教室でさんざんベタベタしてきてただろ。バレたらどうすんだよ？」

「バレるって何が？　恋人に昇格させてくれないんだから、オトモダチの関係にバレるも何もないだろ？」

「そういうのを屁理屈《へりくつ》って言うんだ。ただの友達が、下手《へた》すりゃ教室でまでキスしてきかねない勢いなんて……」

「そう？　女子は単純に喜んでたし、男子は『今までの反動か』って納得してたぜ？」

「…………」

何を言っても通用しない克征に、稔人はほとほと困ってしまう。白黒はスピーディにつけたいタイプの克征の『答えは急がない』ぐらい当てにならないものはなかった。恋人同士という関係を稔人の感情が認めてないだけで、形の上では既に出来上がってきてしまっている気がする。それでも、克征がそれだけで満足できる性格じゃないのも解《わか》っている。

(お互いに両想いだって解っちゃってんだから、克征が言った通り、なるようにしかならないのかもしれないけど……)

自分が無駄に優《ゆう》柔《じゅう》不《ふ》断《だん》なだけだ。栞《しおり》が失恋した相手である克征と恋人になるのが後ろめたくて、でも、栞が失恋していなければ自分が失恋していた訳で、これは考えてどうにかなることじゃない。

そんなことで克征の気持ちにまでストップをかけるなんて、自己犠《ぎ》牲《せい》にさえとどまっていない自己満足だ。単に自分が意気地なしなだけなんだと解っているのだけれど、理解だけでなんとかなるならとっくに克征に応《こた》えている。

「稔人?」

無意識に泣きそうな顔で克征を見上げた稔人に、克征が驚いたようにその名を呼ぶことで疑問を唱《とな》えた時——…。

「お兄ちゃん、お兄ちゃん！　東《あずま》さん来てるって本当っ⁉」

「栞⁉」

「栞ちゃん⁉」

ノックもなしに勢い良くドアが開かれた。突然現れた栞に、馬乗りになっていた方もなられていた方も硬直。

「……何してるの？　プロレス…なんて子供っぽいこと、しないわよね？」

「プロレスじゃないよ、スキンシップ」

啞然《あぜん》とした表情をしながらもしっかりとそう答えた克征に、稔人はギョッとした反動の鉄拳《てっけん》で克征を腹の上から払い落とした。

「痛〜っ」

「栞、部屋に入る時はちゃんとノックしなさい」

「栞ちゃんにガキ扱《あつか》いされたからって、今更兄貴ぶっても遅いって……痛っ」

稔人の鉄拳再び。その鉄拳には、克征に対する無言での口止めの意味が込められていたのだけれど、それに気づかない栞はプーッと吹き出した。

「仲直りしてくれて良かった。二人があのままになったらどうしようかと思っちゃった」

吹き出した後に、ホッと安堵《あんど》の吐息《といき》を漏《も》らして栞は言った。

「お兄ちゃんはあたしのせいじゃないって何度も言ってくれたけど、馬鹿な子ほど可愛《かわい》いって

感じでお兄ちゃんはあたしに過保護だし、東さんも気まずくなって当然だと思ったし」

自らその傷口を話題にした栞に空気が凍る。それに栞が後悔するよりも早く、克征が聞いた。

「栞ちゃんこそ、俺が稔人と仲良くしてて気にならない？　嫌…じゃないかな？」

「そんなこと……」

咄嗟《とっさ》に否定しようとした栞は否定できず、だけど、その顔から笑顔は消えなかった。

「え…っとね、お兄ちゃんも知ってることだから言っちゃうけど、あたし、今でも東さんのこと……ちょっとだけ好きよ。でも、二人が仲良くしてるのが一番好き。あたし、お兄ちゃんと楽しそうにしてる東さんを好きになったんだもん」

「じゃあ、俺がもっと稔人と仲良くなってもＯＫ？」

「ばっ…!!」

栞の答えに突っ込んだ克征に、稔人はギョッとして顔を赤くする。そんな兄の反応の意味が解らずにキョトンとした栞は、訳が解らないままで一つしかない答えを言い切った。

「これ以上、仲良くなりようもないって気がするけど、もっと仲良くなってくれたら嬉《うれ》しい。お兄ちゃんはお兄ちゃんだけでも充分だったけど、お兄ちゃんが二人になったらもっと素敵でしょう？」

今でも東さんのことはちょっとだけ好き…と言った嘘と同様、克征に兄なんて求めていないくせに、栞は笑っている。

二人の悪くなった雰囲気《ふんいき》をあんなに気に病んでいた栞だ。二人がケンカしているより、二人が仲良くしてくれているのがいいというのは、微塵《みじん》の嘘もない気持ちだろう。

稔人が栞の気持ちに罪悪感《ざいあくかん》を覚えて、自己満足で克征と完全な形になれずにいるのと等量に、これは栞の自己満足に過ぎないのかもしれない。

……それでも……。

「そういえば、赤いスポーツカーの美人、誰？　東さんの次はお兄ちゃんを訪ねて来てたのよ。東さんが言ってた好きな人ってあの人？　恋人？」

「違う違う、単なる友達。俺が一番好きなのって稔人だし」

「恋より友情？　仲直りしたばかりだもんね。でも、あの人、美人なのに」

「俺には稔人のが美人に見えるけどなぁ」

止める暇《ひま》もなく言った克征に、栞は違和感なく応対している。そりゃ、実際のとこを知らないからできる応対なんだろうけれど……。

頑《かたく》なだった気持ちが、少しずつ溶けていく。実際には何が解決されたという訳でもないのに、克征と栞の穏やかな雰囲気に意地のようになっていた拘りが消えていく。

それは、やっぱり好きだから――…。

栞に稔人の背中を押したという意識がないのは解っている。恋敵に塩を送っているなんて思いつきもしないのだろうが、今の栞だったら実情を知っても塩にラッピングまでして送ってくるかもしれない。

「俺としては、栞ちゃんの内縁の兄になる心積もりもあるんだけど、如何《いかん》せん稔人がなぁ」

「やだ、東さん、何それ？　可笑《おか》しーっ」

それにしても、克征は馬鹿だ。

（結局、栞の許しが欲しかっただけなんだよな。栞にそんなつもりはなくても、要は克征に応える切っ掛けが欲しかっただけ……）

二人の漫才のようなやり取りを呆《あき》れた顔で眺《なが》めていた稔人は、浮かんできそうになった微笑《ほほえ》みをそっと隠した。


愚図《ぐず》って駄々《だだ》を捏《こ》ねて待たせたんだから、これぐらいは催促《さいそく》されて答えるのではなく、自分から応えたい。

だけど、稔人のテンポより克征の短気の方が一枚上手《うわて》だったらしい。

「俺さ、こないだみたいな冗談じゃなく、マジに栞ちゃんに話そうかな」

「え？」

校内で二人きりになったタイミング。いきなりそれを言った克征に、稔人は疑問符で振り返った。

「おまえへの気持ち。冗談ならまだしも、マジになったら理解されない気はするんだけど、あの娘《こ》の了解がないといつまでたってもおまえは吹っ切ってくれそうにないしさ」

「なんで栞に言う必要があるんだ？　可愛い妹から奇異の視線を向けられて軽蔑《けいべつ》されるなんて俺はゴメンだぞ」

「でも…なぁ。そりゃ、待つって言ったのは俺なんだけどさぁ。両想いだって解ってるのに、この蛇《へび》の生殺《なまごろ》し状態が続くのはなぁ」

恋愛感情がなくても、加奈には『男』の顔をするのに、『男』なんて程遠い表情で言う克征に、稔人は思わず失笑する。

「おまえ、そこで笑うかぁ？」

だけど、それがいいと思う。『男』なんて顔を作らなくてもいい、気の置けない相手。ずっとそんな相手だったけれど、ここでもう一段ステップアップ。

「俺達がそういう関係だっていうのは、俺達だけが知ってればいいことだろう？」

「……え？」

それが新しい関係への最初の一歩。

しかし克征は、まさかここで返事がもらえるとは思っていなかったらしい。

「う…わぁ、ついに昇格かよ。そうだよな、とっくに身体《からだ》は他人じゃないのに、キスしかさせてもらえないなんて本当に蛇の生殺しだったもんな」

茫然自失《ぼうぜんじしつ》な虚《うつ》ろな声で、それでもそんなことを言う克征に、稔人はうっすらと頬《ほお》を染めながらも睨《にら》みを入れる。

「こ…こんな場所で、そういうことを口に出すなよ」

「だって、誰もいないじゃん」

「だ…大体、とっくに身体は…って、あんなの……」

克征と違って、レイプなんて露骨《ろこつ》な単語は言えない。喉元《のどもと》過ぎればなんとやらで、今では強引の限度を越えるほど自分を欲してくれた克征の気持ちが嬉しくなってきてるなんて、もっと言えない。

そんな稔人の表情から何を読み取ったのか、ようやく我に返った克征はいつもの調子でニッと笑う。

「そう、あんなのじゃなく、早くちゃんとやろうな♡」

ご丁寧に語尾にはハートマーク付き。

それに稔人もいつもの調子を取り戻す。

「嫌だね。付き合いだした途端になんて、おまえって動物だな。悪いけど、俺は人間だから」

「なんだよ、それーっ!?」

「言葉そのままの意味じゃないか？」

そんな憎《にく》まれ口《ぐち》を叩《たた》きながらも、克征が言うちゃんとしたそれをするのはそんなに遠くない日の気がする。

嘗《かつ》ての友人達には栞を好きになられた途端、友達だという意識を捨ててこれたのに、克征だけは友達じゃなくなるなんてできなかった。友達以上の気持ちが向かうのを止められなかった。

なんて傲慢《ごうまん》。だけど、こいつはその傲慢でさえ太刀《たち》打《う》ちできなかった奴だから――……。

「そうだな、もう一声。決め台詞《ゼリフ》に納得できたら、リベンジを考えてやるよ」

稔人は作るではない自然な笑みで微笑んだ。

リフレクター

「昨日今日知り合った仲じゃないんだし、そろそろ頃合だと思う訳《わけ》よ」

「リ…リベンジは、決め台詞《ゼリフ》に納得できたらって言っただろ？」

「もうすぐ修学旅行で、グループ別々じゃん。離れ離れになる前に、深〜い絆《きずな》を持っておきたいなぁと思ってさ」

「離れ離れって……そんな大袈裟《おおげさ》な……」

「今夜はおまえ以外、家族全員いないって言ってたじゃん。そーゆう日に俺の泊まりをOKしてくれたってのは、やっとここっちもOKって意味だと思って期待してたんだけど？」

「や…やっとこって、そ…そーゆう意味で付き合いだしてまだ半月だぞ」

「もう半月だよ」

稔人《みのる》の自室。床に押し倒した稔人の腹の上に馬乗りになって抵抗を防いだ克征《かつゆき》は、服の上からいやらしい手つきで稔人の胸のあたりを撫《な》で回《まわ》す。

土曜日曜の今日明日、家族は伯父《おじ》が経営している温泉宿に招《まね》かれて泊まりがけで出かけている。女三人姉妹のにぎやかな従姉妹達《いとこたち》相手に疲労困憊《こんぱい》する覚悟をしてまで温泉につかりたいとは思わないから、稔人は無難な理由をつけて一人で自宅に残ることにしたのだが、それをうっかりと克征に漏《も》らしてしまったのは拙《まず》かった。

いや、本当に拙かったのは克征が泊まりにくるのをOKしてしまったことなのだけれど、思い切り嬉《うれ》しそうな最高級の笑顔で『じゃ、泊まりに行ってもいいか？』と聞かれたら、嫌だとは言えなかった。

惚《ほ》れた弱み？　そうじゃない。克征の過ぎたスキンシップは最近頓《とみ》にレベルアップしていたし、こうなるとは思わなかったなんて言ったら大嘘だ。

それは、克征の押しに流されるというのでもなくて――…。

「そんな顔すんなよ。別に俺は欲求不満だからヤりたいって言ってんじゃないぜ。好きだからちゃんとそうなりたいって気持ち、おまえにはない？」

稔人の腹の上でそんなふうに言った克征は、情けない微苦笑を浮かべた。

「それとも、もしかして、ヤるの……恐《こわ》い？　あん時のこと、トラウマになっちまってる？」

二人は両想いになる前に既《すで》に一線を越えている。しかしそれは、克征が一方的に稔人に強《し》いた行為だった。

俗に言う――レイプ。だが、稔人はそれにトラウマを持っているつもりはなかった。

もしかしたら、稔人よりも加害者である克征の方が、罪悪感からのトラウマを持ってしまったのだろうか？　そうかもしれない。だからこそ、そんなことを問うてきたのかもしれない。

だったら克征の言う通り、やっぱり今が頃合なのだろう。だって、あるのはトラウマではなく期待だったんだから……。

はっきり言って、教室などという場所で無理矢理男に犯されたのはショックだった。相手が克征であっても、しばらくはあの教室で授業を受けていると居《い》た堪《たま》れない気持ちになった。

それでも、克征と両想いになった現在、それは精神的な傷を残してはいない。喉元《のどもと》を過ぎてしまえばあんな暴挙《ぼうきょ》に及ぶほどだった克征の想いに喜びまで感じてしまう。それほど好きなのだから、稔人だって恋人として克征とそうなってみたいと思わない筈《はず》がない。

気持ちいいことがしたいなんて即物的なものじゃなく、そういう行為への年齢的な興味でもなく、恋人としての克征はどんなふうに自分を慈《いつく》しんでくれるのだろうと思っただけで甘い痺《しび》れを感じてしまう。

あの時とは違う状況で、克征はどんな表情をして、どんな愛撫《あいぶ》を施《ほどこ》してくるのだろう？　そこで、自分の最も無防備な様を晒《さら》すのは恥ずかしいけれど……途轍《とてつ》もなく恥ずかしいのだけれど……。

「……稔人……」

不安を抑《おさ》えた真剣すぎる表情で答えを求める克征に、稔人はこれ見よがしの溜息《ためいき》をついた。

「いい加減に降りろよ」

それに克征は、思い切り傷ついたような、絶望的な表情になる。だから稔人は、視線を逸《そ》らして付け加えた。

「この体勢じゃ、やるにもやれないだろう？」

刹那《せつな》、克征の表情がパァッと変わったのが気配で解《わか》ったから、稔人はまたも溜息をつくしかない。

この単純さは子供みたいだ。どうしてこんな奴が、タラシの評判と実績などを得られたのだろうと不思議になる。片想いだった頃は不思議と感じるどころか、克征ならモテて当然だと納得していたのに、両想いになったことで稔人の感覚が変わったのか？　克征の態度が変わったのか？

後者であればいいと思う。子供のようなこの単純さは、稔人に対してだけの自然な反応だったらいいと思う。稔人の一挙一動に過敏に反応しないではいられないほどの想いであればいいと思う。

「すっげぇ好きだぜ、稔人」

腹の上から退《ど》くより、その台詞で唇を求められた。それに稔人は一瞬、憎《にく》まれ口《ぐち》を脳裏に過《よ》ぎらせたが、それを言うよりも早く唇を塞《ふさ》がれてしまったから、塞いできた唇を仕方のないふりで軽く吸った。

場所を移行する余裕もなく始められた行為。起こしたままの上体をベッドを背凭《せもた》れにして支えながら、稔人は吐息《といき》で喘《あえ》いだ。

稔人を完全に剝《む》くよりも下肢《かし》の前だけをくつろげさせ、大きく開かせた両足の間に身を置いた克征は、そこから引《ひ》き摺《ず》り出《だ》したものを手で刺激しながら、それの反応と稔人の表情を交互に眺《なが》めて感嘆《かんたん》の吐息をつく。

「電気消さなくて正解。なんか、見てるだけで感じる。こうやって、おまえのこんなとこを触《さわ》ってんだなぁって感触も、すっごくイイんだけどさ」

初めて見るでも、初めて触るでもないくせに、克征はあの時と同じようなことを言う。けれど、それは似て非なる台詞。そういえば、シチュエーションも似ているかもしれない。あの時は夕陽に照らし出されていたけれど、それが電灯の光に変わっただけで、克征はまったく着衣を乱さず、稔人も最低限に衣服を開かれただけで一方的な愛撫を受けて……。それなのに、これはあの時とはまったくの別物。

恋人とするこういう行為は、一糸纏《まと》わずベッドの上でやるものというイメージが稔人にはあった。だけど、そうじゃなくてもいいんだと自分の忙《せわ》しない呼吸の中で実感として思う。大して着衣を乱さずに行う営《いとな》みは、全裸での行為よりもあさましくていやらしい気がするけれど、襟元《えりもと》の一つも乱していない克征は稔人から愛撫の一切を返されていないのに、その息は湿《しめ》り気《け》をおびて上がっているから、こういうのもありなんだと理屈じゃなく思える。

「おまえって、男臭《おとこくさ》さがないじゃん。オカマ臭い訳でもないんだけど……う〜ん……ルックスだけで言ったら人形みたいな印象とかあるしさ。だから、こーゆう反応されると、めちゃくちゃくる」

言いながら克征は、熱くなっている稔人のそれを掌《てのひら》に包み込んで扱《しご》くと、窪《くぼ》みから滲《にじ》みだしていた液を指先で塗《ぬ》り広《ひろ》げるようにする。

「……っ……」

こんなところを見られて、こんなことをされてるなんて、恥ずかしくて恥ずかしくて憤死してしまいそうなのに嫌じゃない。ただ——やっぱり電気は消しておけば良かったかもしれない。

「ゾクゾクする。下手《へた》したら、おまえより俺のが先にイッちゃいそ」

下着の中で出すつもりか!? そう思ったけれど、克征の腰の状態は角度的に稔人からは窺《うかが》えない。そして、それよりも稔人は上がりそうになる声を飲み込み、紅潮した顔を隠すようにして克征の肩口に埋《うず》めた。

いつまで声を殺していられるか判《わか》らない。克征の首筋を喘ぐような吐息で克征の匂いで呼吸すれば、下半身から這《は》い上《あ》がってくる妖《あや》しい感覚が増幅《ぞうふく》される。

二人でコソコソと秘密を楽しむのは、ちょっと子供の悪戯《いたずら》に似ていて可笑《おか》しい。だけど、笑う余裕なんてない。

「声、我慢すんなよ」

「…………」

「聞きたい」

催促《さいそく》しながら、それを刺激する克征の指の動きが変わる。その変化にうっかりと小さな音を立ててしまったら、一気に歯止めが利《き》かなくなった。

「く……あ…っ……ダメ…だ……克征……出…そう……」

「出していいって。ほら」

「や…っ……おまえの、服……汚……」

「着替えと洗濯機は貸してくれっだろ？」

どこが『おまえより先にイッちゃいそう』なんだ？　そんな考えももう頭に浮かばない。稔人は全身で克征にしがみついた。

「おい、手が動かせねーって」

「……っ……克……克征……」

「でも、こーゆうのもいいな」

いい？　ああ、確かにすごくいい。それは肉体的にというよりも精神的な官能。ずっと好きだった人に、こうして愛されているという幸福感にも似た快感。

蜂蜜《はちみつ》の中で泳ぐような感覚の中、稔人は克征に促《うなが》されるまま達しようとした。

——その時……。

「お兄ちゃん、玄関に靴《くつ》あったけど、東《あずま》さん来て……」

ノックもなく開かれたドア。掛けられた声。克征はハッとして振り返り、稔人はギクッとして克征の肩から顔を上げる。弾《はじ》かれたように離れた二人の身体の間にできた距離によって、そ

の行為が露《あらわ》になり、栞《しおり》は双眸《そうぼう》を大きく見開いてドアを開けた姿勢のまま凍《こお》りついた。

克征も硬直《こうちょく》している。音が消え、時間が止まった。稔人は身繕《みづくろ》いすることも思いつかず、震えた唇が言い訳よりも現実逃避の疑問を紡《つむ》ぐ。

「な…んで、おまえ……？　今日は父さんたちと…一緒…に……」

そう、今日は稔人以外の家族全員が泊まりで出かけていて、克征と何があろうが、何をしていようが、見つかる筈はなかった。こんな場面、見られる筈がなかった。

「あ…あたし、里美《さとみ》ちゃんと……。だから、今朝《けさ》、お母さん…に……」

栞はか細い声を震わせて、稔人の言葉に機械的に答える。

今朝になってのドタキャン？　栞らしくないが、行き先は伯父のところなのだから一般の温泉旅行とは違うし、それだけ大切な用事が入ったのだろう。いや、違う。今考えなきゃいけないのは、そんなことじゃなくて――…。

しかし、稔人が我に返るより早く、栞はくしゃりと顔を歪《ゆが》めた。叩きつけるように閉ざされたドア。自室へと向かってバタバタと立てられる足音の大きさが、栞のショックの大きさを物語る。

「栞ちゃん！」

そこにきて、まずは克征の呪縛《じゅばく》が解けた。それによって、稔人も深呼吸するようにして溜息をつく。

稔人は克征の身体を押《お》し退《の》け、すっかりその気をなくしながらも覚めやらぬ僅《わず》かな余熱に疼《うず》くそれを無視して、無理矢理下肢の乱れを整えた。

「今日は……帰ってくれないか？」

「稔人？」

「悪い」

「でも、栞ちゃんが」

「悪い」

視線を合わせないまま、蒼白になった顔で頑《かたく》なに言う稔人に、克征はキュッと唇を噛《か》み締《し》めた。


何か言いたそうな克征に何も言わせず追い返すと、稔人は即座に栞の部屋に向かった。

何度ノックしても返事がないことに痺れを切らし、ドアを開けて室内に入る。

「……栞……」

電気もつけていない部屋。栞はベッドと向き合うようにしてフローリングの床に座り込んでいた。

向けられた小さな背中に強い拒絶を感じるのは、稔人の被害妄想《もうそう》か？　そうじゃないとしても、ここで怯《ひる》む訳にはいかない。

「違うんだ、栞。さっきのは……」

言いかけてから稔人は、自分が何を言いたかったのか解らなくなる。だって、あんな光景を見られて、どんな言い訳があるという？

だけど、何か言わなきゃいけない。栞に誤解されるなんて堪《たま》らない。

誤解？　何が誤解だというのだろう？

でも……。

だけど……。

稔人は口腔《こうこう》に溜《た》まった塊《かたまり》をゴクリと飲み下した。

何を言っていいのか解らない。頭の中は真っ白で、言うべき言葉の一片も出てこない。それでも、何か言わなければならないと焦《あせ》る気持ちが押し寄せる。

他の誰でもなく栞にだけは理解してほしいから、それには相応の説明が必要だった。少女漫画の上を行く清純派を地にする栞だからこそ、他の誰よりも稔人と克征の関係は理解しがたいだろうが、こんなのは――嫌だ。

「克征が……好き…なんだ」

何一つ思い浮かばない言い訳の代わりに、最大の真実を唇が紡《つむ》ぐ。しかし、稔人の告白にも栞はピクリと肩を震わせただけだった。

向けられたままの背中は、稔人の被害妄想ではなく、あきらかな拒絶だと証明される。当然だ。男同士の淫《みだ》らな行為を理解できないだけでなく、栞は克征が好きだったのだ。今になって稔人の想いを告げられても、栞にしてみれば拒絶しかできないだろう。だけど、稔人には『これが当然の反応だ』で諦《あきら》めることができない。

「ずっと、克征が……好き…だった。友情じゃなく、克征が好き…だったんだ」

搦《から》め手《て》で懐柔《かいじゅう》できるぐらいなら、もっと説明らしい説明で栞の説得に掛かっていた。でも、他に言葉が出てこない。だって、克征が好きなんだ。あの行為にそれ以外の意味はない。

解ってほしかった。説明らしい説明は何もできないけれど、それでも栞にだけは解ってほしかった。その感情だけが稔人の中を一杯にする。

「男同士なのが、どれだけ異常に見えるかは解る。でも…っ。——好きな人とだから、俺には男とか女とか関係なかった。俺は克征だから……」

刹那、稔人に向かってクッションが飛んできた。それは栞のお気に入りの、パステルピンクを基調にしたパッチワークのクッション。

「しお……」

クッションを投げつけられたことよりも、その拍子にようやく振り向いた栞の表情に稔人は氷水をぶっ掛けられたような衝撃《しょうげき》を以《も》って啞然《あぜん》とするしかない。

こんな栞の表情は見たことがない。

憎悪？

軽蔑《けいべつ》？

嫌悪？

そのどれでもない。けれど、それら総《すべ》てを含《ふく》んでいるような、表現しがたい表情。

そう叫ぶよりも、栞は手近にあるものを手当たり次第に稔人に投げつけだした。それに愕然《がくぜん》としながら、稔人は栞の部屋を出るしかなかった。

『出ていって！』

『出ていって!!』

そう叫ばれるよりも、ずっと激しい抗議だった。

いつものぽわぽわした栞からは想像もつかない眼差《まなざ》し。信じられないその表情に、稔人は栞の心情を推《お》し量《はか》るよりも、改めてどうしたらいいのか判らなくなる。

栞の部屋を訪れた段階から何をどうしたらいいのかなんて解らなかったけれど……。

栞の背中を見せつけられた段階で、頭は真っ白だったけれど……。

週明けの月曜。珍しく稔人《みのる》より早く登校していた克征《かつゆき》は、教室に現れた稔人の姿を見るや否《いな》や弾《はじ》かれたように駆け寄った。

「あの後、大丈夫だったか？」

「……何が？」

「何がって、栞《しおり》ちゃんのこと以外にないだろ？」

「……あれから栞とは、口、きいてないから……」

そう、あれから栞は一言も口をきいてくれない。一家団欒《だんらん》の些細《ささい》な日常会話の中でさえ、まるで稔人の存在はないもののように無視している。

克征にしても、あれを見られた気まずさで稔人が栞と喋《しゃべ》る機会を避けているのではなく、栞が稔人に口をきく機会も与えないのだと推測するのは容易だったから、心配そうに申し出る。

「——やっぱり、俺からも話した方がいいんじゃないか？」

それに稔人は静かに首を横に振った。

今回の栞の件で、克征の介入《かいにゅう》は多様な意味で遠慮《えんりょ》したい。

克征は最初、栞を好きだと言っていた。栞も克征が好きだった。そして、今でも栞は克征が好きなのだろう。

ここで克征が介入することによって、改めて二人が両想いになってしまう可能性を考えて不安になってる訳《わけ》じゃない。だからといって、本来だったら栞が得る筈《はず》の幸せを横取りしてしまったという罪悪感でもない。それなのに、ジレンマよりもトリレンマのような感覚になってしまうのは、栞が可愛《かわい》いから……栞が可愛くて大切で……大切すぎるから……。

たとえ相手が克征でも他人を介入させてしまったら、自分以外の言動は支配しきれるものではない。デリケートな問題になればなるほど、些細な失言は大きな傷を作るに及ぶ。他人に栞を必要以上に傷つけられたくはない。好きになった相手から傷つけられる栞を見たくはない。でも、それよりも——…。

栞のことは自分だけの手でなんとかしたかった。

そんな稔人の具体的な心情までを理解している訳ではなかったが、栞への溺愛《できあい》ぶりを最低限にでも把握《はあく》しているつもりの克征だから、思わず眉根《まゆね》が寄る。

「まさか、おまえ……？」

「ん？」

「……いや、なんでもない」

克征は問い掛けそうになって、言うのをやめた。それを口に出してしまったら、稔人が否定したとしても疑惑が根付いてしまいそうだった。

予鈴が校舎に鳴り響く。本鈴ではないのだから慌《あわ》てることもないのだけれど、克征はそれを合図とするように稔人の肩を軽く叩いて自分の席に戻っていった。

向ける疑問は相手の想いを信じていない最低さのような気がしたし、それよりも稔人を信じたかった克征の気持ちを察してくれたのか否か……。

稔人は克征が叩いた肩に軽く自身の手を掛けただけで、無表情に自分の席に向かった。


一日経《た》ち、二日経ち、三日経ち――…。

時が解決してくれるどころか、栞の態度は時間が経つほどに硬化していく。言い訳も説得の方法も思いつかないながら、稔人はなんとか栞と話し合う機会を持とうとしたが、栞はそれを拒《こば》み続《つづ》けていた。

栞とは思えない刺々《とげとげ》しさ。栞の性格であれば不純異性交友でさえ拒絶感を示しそうなのに、不純同性交友ともなれば尚更《なおさら》であり、ましてや稔人の相手は栞が恋した克征だ。

それなのに何をどう納得させられる？　具体的な方策なんて立てられっこない。それでも、このままでなんていられない。

同じ家に住んでいるのだから、栞とは必然的に顔を合わせる。そのたびに心臓が引《ひ》き攣《つ》る思いをし、栞の態度に傷ついて落ち込んでいるんじゃ身が持たない。

子供の頃から兄妹喧嘩《きょうだいげんか》らしいものをしたという記憶がなかった。そして、これもケンカと呼ぶと語弊《ごへい》がある気はするのだけれど、家族にはこの状況はケンカとしか認識されないものらしい。

栞が両親に稔人と克征とのことを黙ってくれているから、単なる兄妹喧嘩となっているのだが、その安心で満足するよりもそんな気遣《きづか》いをしてもらえるなら理解してもらえる筈だと信じたい。

「まだ栞と仲直りしてないの？　あんたたちがケンカするなんて珍《めずら》しいと思ったら、どんなことすればあの栞をあれだけ怒らせられるのよ？」

「どうして俺が一方的に栞を怒らせたって思うんだかな」

「あら、だって、だからあんたは今此処《ここ》にいるんじゃないの？　普段だったら、ごはんだって呼ばなきゃこんなとこにいないじゃない」

ダイニングキッチンのダイニングテーブル。何をするでもなく食事をする時の指定席を陣取《じんど》った稔人に、母は夕飯の支度《したく》をしながら呆《あき》れた物言いをしてくる。それに稔人は、単なる兄妹喧嘩を強調するようにしてわざと子供っぽい仕草でプイッとそっぽを向いた。

フェイントで顔を合わせれば心臓に悪いし、栞の拒絶を目《ま》の当たりにするたびに悲痛な思いを味わわずにはいられない。それでも、なんとかきちんとコンタクトして話がしたいとなれば、此処で張り込むのが一番だった。

栞は料理が好きで、よく母親の夕食の支度を手伝ったりしている。そう思って、今日は学校から真《ま》っ直《す》ぐに帰宅して自室で着替えた後、ずっと此処にいるのだけれど……。

「謝りたいんだったら、栞の部屋まで行って謝ればいいでしょ。偶然に託《かこつ》けようなんて、男らしくないぞ…って、あの様子じゃ部屋に行っても入れてくれそうにないわね」

やれやれというように言った母は、そこで頓狂《とんきょう》な声を立てた。

「やだ、キャラウェイシードが切れてる！　普段あまり使わないから気がつかなかったわ」

そして、母はにっこりと笑う。

「今日は初めてソーセージを作ってみたのよ。稔人はソーセージの付け合わせには絶対にザワークラフトが外せないでしょ。お母さん、今からゆっくりとキャラウェイシードを買いに行ってくるから、その間に栞と仲直りしておいてちょうだい。今日は栞が学校から帰ってきた時に、お母さんから夕飯の支度の手伝いを頼んでおいたから、そろそろ来ると思うわ。もう、いい加減にしてくれないと鬱陶《うっとう》しくて」

普段から自発的に手伝いをする栞にこのタイミングでそれを言ったということは、母はきっと稔人が今この場にいなければ栞に気づかれないようにこっそりと呼ぶつもりだったのだろう。

だからといって素直に感謝の気持ちを出せない稔人は、エプロンを外しながらキッチンを出ていく母に視線も戻さず、無言でひらひらと手を振って送り出した。

程なくして、階段を下りてくる足音が耳に届き、栞がひょっこりと顔を出す。

「お母さん、あたし何すればいいのかな？」

「栞」

「……っ！」

栞はそこに稔人の姿を見た途端、表情を凍らせて踵《きびす》を返した。稔人は座っていた椅子を倒す勢いで立ち上がると、栞の後を追いかけてその手首を掴《つか》む。

「頼む、栞！　話を……せめて話をさせてくれ‼」

縋《すが》るような面持《おもも》ちで言った稔人に、けれど栞の唇は硬く引き結ばれる。栞の取った行動は、手首を捕えた稔人の手を外させようとするそれだけだ。

だけど、ここで栞を逃がす訳にはいかない。母が折角《せっかく》作ってくれた機会だ。そうじゃなくても、ここで逃がしてしまったら今度はいつ栞とまともに言葉を交わす機会が得られる？

「どうしたら……どうしたら許してくれるんだ…っ⁉」

本当に欲しいのは、許しではなく理解だ。しかし、稔人は咄嗟《とっさ》にそれを言っていた。

泣いてしまいそうだった。家族とはいえ人前で泣くことなんて考えられないのに、涙が滲《にじ》んでしまいそうだった。

稔人の様子に、必死になってその手を手首から外そうとしていた栞の抵抗がやんだ。そして、稔人よりも栞の方が泣き出しそうな顔をする。

「──あたしが告白した時、東《あずま》さん、好きな人がいるって言ってた。それって、お兄ちゃんのこと…だったの？」

ようやく開かれた栞の唇。ようやく稔人へと向けられた言葉。しかし、それにホッと安堵《あんど》の息を吐《つ》く暇《いとま》もなかった。

「……だったら……別れて……」

「え？」

「東さんと、別れて。男同士であんなこと……あんなことするお兄ちゃんなんていらない」

今にも涙を零《こぼ》しそうになりながら、それでもはっきりと言い切った栞に、稔人は愕然《がくぜん》として双眸《そうぼう》を見開いた。その隙を突いて栞は稔人の手を振り払うと、そのままバタバタと階段を駆け上がり、自室に閉《と》じ籠《こも》ってしまう。

一人取り残された稔人は愕然としたまま立ち尽くしているしかない。

それでも、やがて帰ってきた母親によって、我に返りはしたけれど……。

「ただいま。どう？　栞と仲直りはできた？」

「交渉決裂。残念でした」

我を失っていたなんて微塵《みじん》も見せず、母には平然を装って何気ないふうに言いはした……何気ないふりで言えはしたけれど――…。

風呂も夕食も済ませて自室で机に向かったものの、予習になど身が入らない。稔人は溜息《ためいき》と同時に広げた教科書の上に肘《ひじ》をつくと、頭を抱《かか》え込《こ》んだ。

栞には理解できない関係だと解っていたのに、あれだけストレートに克征と別れろと言われることは予測の範疇《はんちゅう》になかった。

――予測したくなかっただけかもしれない。

（……好き…だ。俺だって相手が克征じゃなきゃ、男とあんなことをするなんて考えられない。でも、克征が好きだから……あいつだから……）

ずっと好きだったんだ。男同士でも、克征が栞を好きでも、諦《あきら》められなかった想いだ。克征と別れたくなんてない。

栞が自分のせいで克征と稔人が仲違いしたという誤解からの罪悪感《ざいあくかん》で、無意識とはいえ背中を押してこなければ、両想いだと判っても恋人にはなれなかった…なんて、そんな責任転嫁《てんか》をするつもりはない。けれど、もしもあの時、栞に対して二人の想いを明らかにしていれば、こんなことにはならなかったかもしれない。それは、栞の弱みに付け込むようなものだったけれど……。

リプレイ不可能な過去は、振り返れば振り返るほどそこに無限の可能性があった気がする。ないものねだりのマゾヒズムに浸《ひた》って現実から目を背《そむ》けたところで現状は何等《なんら》変わらないのに、あの時にもしもああしていれば、もしもこうしていればと、繰り返し振り向いて悔《く》やんでしまう。

克征が好きであること。だから、克征とは別れられないこと。それだけが唯一無二《ゆいいつむに》の真実であれば良かった。しかし、それと等量に栞が大切だった。

克征が好きだ。別れたくない。離したくない。諦めるところから始まった恋だったから一層、一度手に入れてしまったら同性でありながら奇跡とまで思える克征との今の関係への執着《しゅうちゃく》も増す。

……それでも……。

どうしても栞が大切だった。栞の言葉を無視することはできなかった。

「いきなりだなぁ。ってーか、おまえが俺ん家に泊まりに来るなんて初めてじゃん」

「泊まりどころか、おまえの部屋に入るのも初めてだよ」

「そうだっけ?」

克征《かつゆき》の家の、克征の部屋。稔人《みのる》は初めて訪れたとは思えない気の置けなさで克征のベッドに腰を下ろした。それに克征は自分が示すべき反応を見失わずにはいられない。

『今日、ご両親は家にいるのかな?　もしいないんだったら、泊まりに行ってもいいか?』

週末の今日、授業が終わると同時にそう言ってきた稔人を、学校からそのまま自宅に連れて来はしたけれど……。

克征にとってこの一週間ほど長かった一週間はない。稔人の気持ちを尊重したい一心で、栞《しおり》の件には一切触れず、常と同じ態度でいることを必死に心掛けていたが、それもそろそろ限界だった。

稔人の気持ちを尊重したいのではなく、下手《へた》な触れ方をして余裕がないどころか狭量《きょうりょう》な男だと思われたくなかっただけかもしれない。そんなことを思ってしまうあたりが稔人を信じていない証拠だと言われてしまえばそれまでだけれど、問題が栞に直接関係している分だけ信じるとか信じないとかのレベルではない気がする。

妹と恋人はまったく質の違うものなのだから同じ天秤《てんびん》で量れやしないのだが、だからこそ、不安にならずにはいられなかった。これが同じ天秤で量れる相手なら、稔人の気持ちを信じられたと思う。少なくとも相手が栞でなければ、ここまで不安にはならなかった。

こんなタイミングで今までになかったシチュエーションを持ち込まれたら、それは良い意味に取っていいのか？　それとも、悪い意味なのか？

——判《わか》らない。だから、どんな態度を取ったらいいのかも判らなくなる。

「え……えっと、何か飲み物、持ってくるな」

一先《ひとま》ずそう言って飲み物を取りに行こうとする克征に、稔人はクスリと笑って自分の着ている制服のボタンに手を掛けた。

「飲み物よりもやることがあるだろ？　初めて来る部屋で俺が座る場所にベッドを選んだところで、ピンとこないか？」

「……稔人？」

訝《いぶか》しむ克征の前で、稔人はゆっくりとボタンを外していく。

「うちは家族全員がいなくなるなんて滅多《めった》にないし、少なくとも今日は全員家にいるし、こういう行為をするには向かないんだよな。——こないだの続きをするにしても、さ」

露骨《ろこつ》すぎる唐突《とうとつ》な誘いに、克征はまたしても自分が取るべき反応を見失う。そんな克征に稔人は微笑を消すと、真剣な表情を引き攣《ひ　つ》らせながら言いきった。

「俺達の関係は、栞の理解の範疇《はんちゅう》を超えている。栞におまえとは別れろとはっきり言われた。それでも、俺はおまえが好きだ。この気持ちはどうしようもない。それぐらい好きだったら、俺がおまえを欲しいと思ってもおかしくはないだろ？　俺はおまえとちゃんとした形で……結ばれてみたい」

これには克征も反応を見失うどころか愕然《がくぜん》とするしかない。そんな克征に、稔人は表情を隠すように顔を俯《うつむ》かせた。

「……と俺は思ったんだけど、先走りすぎだったか？」

克征は咄嗟《とっさ》にベッドへと歩み寄ると、稔人を抱き締め、唇を奪いながらその身体ごとシーツへと倒れ込む。

同じ天秤で量れないからこそ難しい選択なのに、そこで稔人は栞よりも克征を選んだのだ。その事実が抱《いだ》いていた不安を恥じるよりも克征を感動させた。

今までは好きという感情が総《すべ》てだった。そして、この日本では男同士での結婚は許されない。それでも、将来の約束をしてしまいたくなるほど、法律にも世間にも認められない関係の為《ため》に自分の将来を縛《しば》っても悔《く》いはないと思えるほど、克征は稔人を大切にしたいと思った。

単純で結構。それほどまでに稔人が好きだった。

稔人の口腔《こうこう》に舌を差し込み、情熱的に貪《むさぼ》る。それに稔人は、克征の背中に両腕を回すと、拙《つたな》い舌使いで精一杯応《こた》えてきた。そんな稔人がどうしようもなく愛《いと》しかったから、これは克征にとって先日の仕切り直しでも、『好きだから抱きたい』というだけのものでもなくなった。

「好きだ、稔人。すっげぇ好きだ」

「俺もすごくおまえが好きだ」

「一生、好きだ」

「う～ん、一生なんて言葉を簡単に遣《つか》われると、ちょっと嘘臭《うそくさ》く感じるかな？」

「一生って言葉が簡単に出るぐらい、おまえが好きなんだよ」

克征だって、一生という言葉ほど信憑性《しんぴょうせい》のない言葉はないと知っている。人の心は時の流れに沿って変化するものだから、若ければ若いほど、年老いても尚《なお》、一生を約束するぐらい不誠実なことはないのかもしれない。しかし、一生ものだと信じられるまでの、この瞬間の想いは本物だ。

克征はそれを約束の証《あかし》とするように何度も何度も稔人の唇に唇を重ね、稔人はその一つ一つに同じだけの想いで応えた。

繰り返すキスの中で、二人はゆっくりと己《おのれ》の服を脱《ぬ》ぎ落《お》とし、一糸纏《まと》わぬ姿となって絡み合う。

情事らしい情事は初めての稔人だけでなく、いくつもの情事を経験してきた克征までもが、全裸の互いに逆上《のぼ》せたような恥ずかしさを感じる。しかし、その恥ずかしさまでが快感であり、幸福だった。

「早くおまえの中に入りたい」

「克征の手順に任せるよ。入りたいなら、いつでも……入ればいい」

「でも、その前に色々としてみたいし」

「早く入りたいって言ったのは、おまえだぞ？」

「そうだけど……最大のお楽しみは、先延ばしにした方がいいんだって」

「あ、でも、跡はつけるなよ。月曜から修学旅行なんだから」

「解《わか》ってる」

紡《つむ》ぐ会話は、色気があるのかないのか。

だけれど、互いを求め合う唇と手の動きはひどく官能的で、それなのに、肉欲よりも精神的な悦《よろこ》びが上回る。情熱的なキスで始まった行為なのに、情熱よりも慈《いつく》しみが支配する互いへと向けた愛撫《あいぶ》は、その緩慢《かんまん》さが淫《みだ》らとなる。

矛盾《むじゅん》の中で見つめる互いの顔の、今まで見たことのなかった表情。その眼差《まなざ》し。

だから会話は、決まってそこへと戻る。

「すっごい好きだぜ、稔人」

「好き…だ。自分でもどうしてこんなに好きなのか不思議になるくらい……好き…だ」

「おまえだけが、好きだ」

「克征が……好き――…」

不純な行為に純粋な想いを綯《な》い交《ま》ぜにして、二人は互いを求め合った。

陽が沈《しず》む前から始められた行為は、明け方近くまで続いた。時にはインターバルを置き、時には妙にいやらしく、時には乱暴なぐらい激しく、リズムを変えて、趣向を変えて、初めての恋人としての情事で総てを知り尽くしてしまおうとでもいうように――…。

『最大のお楽しみは、先延ばしにした方がいいんだって』

お楽しみは先延ばしにするだけでなく、小分けにして味わった方がいい。だけど、好きだからこそ次から次にしたいことが溢《あふ》れてくる。相手の身体に知りたいことが溢れてきてとまらない。

そして、ここで相手の総てを知ってしまっても、これから次々に新鮮と感じることは生まれ

てくるだろう。あくまでこれは始まりなのだから。

だから、行為の快楽に酔《よ》いながらも克征と視線が合うたびに微笑《ほほえ》む稔人の表情の儚《はかな》さの意味に克征は気づかなかった。稔人の微笑みは元々が儚いという印象に近いものを持っていたから、そこに含《ふく》まれる悲しそうな色を克征は見落とした。

それは仕方のないことだった。

「好きだ」

「おまえが……好…き……」

互いにこんなに好きなのだから。それだけは手に取れるほど確かなものだったのだから。

……そして……。

この行為は肉欲を満たす為だけにあるのではなく、精神的な繋《つな》がりをより深める為にもあるものだったから。


好きな人の素肌《すはだ》に素肌を合わせること。好きな人を掌《てのひら》で唇で身体中で確かめて、同じように確かめられること。それはとても嬉《うれ》しいことだと想像にも容易《たやす》かったけれど、それがこれほどまでに嬉しいものだとは思わなかった。だけど、それが幸せであればあっただけ、目覚めの瞬間に稔人はひどい虚《むな》しさに襲《おそ》われた。

長い時間を掛けて丹念に想いを確かめ合って、心地好《ここちよ》い疲労感に、二人、裸のままで抱き合って眠って――…。

ベッドの上、身体に絡む腕をそっと外してゆうるりと上体を起こした稔人は、隣で眠っている克征を静かに見つめた後、床へと足を下ろした。

「……っ！」

ズキリ…と、酷使《こくし》された箇所《かしょ》が痛む。しかし、稔人はその痛みを無視して克征を起こさないように気をつけながら見つけ出したバスタオルを手にして部屋を出ると、勝手の解らない他人の家のバスルームを探す。

（ここで、克征の家族が帰ってきて鉢合《はちあ》わせでもしたら、最悪だよな。キスマークこそついてないけど、情事の痕跡《こんせき》も生々しい全裸の男がうろついてるなんて……）

この有《あ》られも無い姿を、いっそ克征の家族に見つかってしまえばいい。しかし、克征の家族に見つかるよりも、稔人がバスルームを発見する方が早かった。

叩きつけるような水流でシャワーを浴びて、身体中で克征と愛し合った跡を残らず洗い流していく。その行為がひどく悲しかった。

総ての跡を消し去ってバスルームを出ても、克征の家族が帰ってきた気配はない。稔人は身体を拭《ふ》いたバスタオルを腰に巻いて克征の部屋へと戻る。そこでは、克征がまだベッドで熟《じゅく》睡《すい》していた。

あんなにも長い時間を掛けて行為に勤《いそ》しんだのだから、克征の深い眠りは当然だ。稔人だって激しい疲労感が全身に残っている。

だったら、克征と同じ深さの眠りを貪り、克征が目覚める時に一緒に目覚めたかった。それなのに、肉体の疲労感を無下《むげ》にした浅い眠りが稔人には哀《かな》しかった。

今度は克征を起こすまいとする気遣《きづか》いを持たず、脱ぎ捨ててあった衣服を身に纏《まと》い、克征の学生カバンから玄関の鍵《かぎ》を探し出す。それから克征の机へと向かい、メモを残す。

『鍵はポストの中に入れておく――稔人』

克征の安眠を妨《さまた》げぬ気遣いをなくしただけでなく、わざと物音を立てたりもした。しかし、克征は目覚めなかった。それに落胆《らくたん》するよりも、いじましい自分の行いに反吐《へど》が出そうになる。

ここで克征が目覚めたら、何がどうなるという？　ここで克征と視線を合わせ、言葉などを交わしたりしたら、気分は一層滅入《めい》るだけじゃないか。

それでも、克征とこの形で愛し合ったことに後悔はないから……。これはどうしても欲しい思い出だったから……。

栞の言葉を無視することはできない。栞の感情を見ぬふりなんてできない。ならば、道は一つしかないじゃないか？　克征と別れるしかないじゃないか！

その決心を隠して抱かれたのは卑怯だと思う。でも……。

思い出が欲しかった。だけど、思い出よりも恋人としての本物の行為《じかん》が欲しかった。一度だけ……これが最初で最後だからこそ、克征と愛し合う行為を思い出作りなどという偽物にしたくなかった。

どうしても好きで、どうしても別れたくなくて……。その気持ちだけを見せて愛し、愛された。だからこそ、その行為の中で決心は何度も揺らいだ…けれど……。

稔人は自分の学生カバンを手に取ると、おもむろに克征の部屋を飛び出し、玄関を出て、メモに残した通りにする。

克征の家の門を出たところで、稔人は一度だけ克征の部屋の窓を振り返った。

(好き…なん…だ。本当に……本当におまえが、好き、なんだ……)

稔人は傍目《はため》にも痛ましい表情で眉間《みけん》に皺《しわ》を刻むと、キュッと唇を噛《か》み締《し》め、克征への想いを振り切るように前を向く。

ひどく重い足。だけれど、稔人は立ち止まらなかった。その窓を——二度と振り返りはしなかった。

稔人が自宅に帰り着いたのは、正午を回った頃。

「帰ったの、稔人？」

「うん」

「早かったのね。お昼は？」

「食ってきた」

キッチンから顔も出さずに声を掛けてきた母親と、玄関で靴《くつ》を脱ぎながら会話を交わした稔人は、階段を上ると自室ではなくその部屋の前に立つ。

今日はまだ何も口にしていない。だけど、空腹は微塵《みじん》も感じられない。

稔人は軽く深呼吸すると、目の前のドアをノックした。

「はい？」

返ってきた声に、その存在を確認すると、稔人は静かにドアを開けた。

母から稔人は友達の家に泊まっていると聞いていた栞は、予測していた兄の帰宅には早すぎる時刻になんの警戒心《けいかいしん》もなく回転椅子を回して机からドアへと身体ごと顔を向けてしまい、ビクッと全身で反応すると、即座にまた椅子を回して机へと向き直った。

重苦しい沈黙を無視して稔人は室内に入ってドアを閉めると、机へと歩み寄って栞の真横に立つ。

「宿題？」

「…………」

「解らないとこがあったら教えるよ」

「…………」

栞の神経を逆撫《さかな》でするほど何気なさすぎる台詞《セリフ》を向けた稔人に、栞は『話し掛けないで』の一言も返さず、机の上に開いた教科書とノートから視線を上げようともしない。

『東《あずま》さんと、別れて。男同士であんなこと……あんなことするお兄ちゃんなんていらない』

先日のその一言が、栞の気持ちの総てだ。その一言で総てを語ってしまったのだから、最早、それ以上に語ることは何一つないのだろう。

それを踏まえてしまったから、稔人ももう無理矢理に栞の理解を求めようとは思わない。そして、無神経なぐらいに栞とは何事もなかったような口調を取り、脈絡もなくそれを言った。

「——克征の家に泊まった」

ピクリと栞の小さな肩が震える。その反応で、いくら晩熟な栞でも恋人の家に泊まったことによって昨晩営《いとな》まれた行為は察したのだと解ったのに……。

「学校からそのままあいつの家に行って、陽も沈まないうちから始めて——一晩中抱き合った」

それでも稔人は、敢《あ》えてそれを言葉にした。そして、その言葉に栞が何等かの反応を見せるよりも早く、またしても脈絡なく結論を伝える。

「克征とは別れる。そう決めたから、せめて一度だけ、あいつと思い切り抱き合いたかった」

ビクリッと栞の全身が大きく震えた。けれど稔人は、そこでもその言葉に対するそれ以上の栞の反応を見ようとはせず、踵《きびす》を返して栞の傍から離れるとドアへと向かった。

栞が振り向いた気配。それに気づかぬふりで、ドアを開けた。

「待って、お兄ちゃん！　東さんと別れるって、どーゆう…っ」

ようやく栞から投げられた言葉も受けとめようとせず、部屋を出て後ろ手にドアを閉める。

「お兄…ちゃん……」

ドア越しに微《かす》かに響いた声。それでも、その先は続かなかったし、栞は後を追ってはこなかったから、稔人は深く長い息をつき、閉じたドアに背中を預けた。

栞に稔人を追いかけられる筈《はず》がない。だって、追いかけてきて、ドアを開けて、栞に何が言えるという？　克征と別れろと言ったのは栞だ。言われた通り克征と別れる決心をした稔人に、ドアを開けて『何故《なぜ》？』と問うのは愚問《ぐもん》であると同時に、栞の性格ではできないだろう。

もし、万が一にも栞がこのドアを開いて、『あたしが別れてって言ったから、東さんと別れるの？』と聞いてきたら、稔人としてはどう答えていいのか解らなかった。

その可能性をまったく予測しなかった訳じゃない。逆にその可能性こそを期待していたのかもしれない。しかし、栞が生まれた時から稔人は必然的な兄であるだけでなく、自主的に栞を慈しんできたのだ。栞という存在にどれだけのコンプレックスを築かれようとも、主観で愛情を注いで見つめてきたのだ。そんな可能性はありえないと最初から解っていた。

稔人は片手で意味なく前髪を掻《か》き上《あ》げた。

栞に克征と別れろと言われなければ、克征と別れることなんて考えなかった。だけど、栞に『あたしが別れてって言ったから、東さんと別れるの？』と聞かれても、『そうだ』とは答えられない。切っ掛けが栞であっても克征と別れることを決心したのは稔人の意思なのだから、そこで栞のせいにするような発言はしたくない。

けれども、だったらどうして、栞にあんなことを言った？

『せめて一度だけ、あいつと思い切り抱き合いたかった』

栞には理解できる感覚じゃないと諦めたつもりでいて、まだいじましく理解を求めているのか？　男同士であああいう行為をしていたのは、せめて一度だけでもと望むほど克征が好きだからだと言いたかったのか？　せめて一度だけでもと望んだということは、栞に目撃された行為が例外で、普段からそんなことをしてた訳じゃないと言いたかったのか？

——そうじゃない。

ならば、恨《うら》み言《ごと》か？　栞に別れろと言われたから別れることにはしたけれど、自分は男同士であってもそういう意味で抱き合えるほど克征が好きだったのだと訴《うった》えたかったのか？

——違う、そうじゃないんだ！

ここで恨み言や皮肉を言うくらいなら、克征との別れを決めたのは自分の意思なのだから栞に責任転嫁したくないなどという心理も働きやしないだろう。しかし、それなら克征と抱き合ったことも言う必要はなかったのだ。

それでも、言わずにはいられなかった。必要性の問題ではなく、自分の言動の意味すら稔人には理解できていなかったけれど……。

言動の意味を今更《いまさら》自身に追及したところで無駄だ。既にそれを栞に言ってしまったのだし、克征と別れると決めた気持ちは変わらない。

ドアからゆっくりと背中を離すと、稔人は自室へ行く。

(修学旅行の荷物、忘れ物がないかもう一度チェックしておかなきゃ)

稔人は部屋に入ると、用意してあったドラムバッグを開けて中の確認を始めた。

(修学旅行で別れ話なんて野暮《やぼ》だよな。でも、こういう話は早い方がいい)

早く言ってしまわないと、また決心が揺らぎそうだ。栞に克征とは別れると宣言してしまったからには、ここで決心が揺らいだとしても別れない訳にはいかないのだけれど、それでも決心が揺らぐ前にあくまで自分の意思で別れを告げるに越したことはない。

(下着の枚数は、OK。シャツの枚数も靴下の枚数もOK)

これは、克征よりも栞を選んだということになるのだろうか？　それ以外の何物でもないのだろう。だが、稔人にしてみれば他に選択肢はなかった。栞は可愛《かわい》い……可愛すぎるたった一人の妹だ。その妹に恋愛観を否定されるだけでなく、日常生活において徹底した拒絶を食らい続けるのはもう耐えられない。

だったら、克征との別れは耐えられるレベルなのかと問われれば、NOという答えしか出てこない。別れたくない。別れたくない。心は訴え続けている。だからこそ、稔人は心と離れて思考する。

(デジカメのメモリーは8MBで足りるかな？　一応、32MBを入れてくか)

せめて一度だけと望むほどの想いで克征と抱き合ったことを言ってしまったからには、栞にもそれに対して新たに思うところが出てくるだろう。それが稔人に対して同情的な感情となってくれたとしても、屈託《くったく》のない兄妹《きょうだい》関係には戻れやしない。

ならば、克征と別れること自体に意味がないのではないか？

それでも……それでも……現在の栞の感情を無視することはどうしてもできない。

物事、合理的というだけでルートを選んで処理できれば、人生はとても簡単になると思う。たかが十六年や十七年生きただけで人生を語るのはおこがましいけれど……。そして、合理的というだけではスムーズにいかないのが人間なのだと悟るには、この年齢ではもっとおこがましいのだろうけれど……。

だから今は、決心を実行に移すだけでいい。他には考えなくていい。他のことなんて考えたくもない。栞と克征、双方《そうほう》が丸く収まる答えなどありはしないのだから、どんなに考えたって憂鬱《ゆううつ》になるだけの堂々巡《どうどうめぐ》りだ。

ここで考えることをやめたところで、たった一つの決心だけに意識を向けたところで、憂鬱でなくなるものでもない。それでも、克征が好きであれば好きである分だけ、もうこのことで思い悩みたくはなかった。

　大切な妹の不満や不幸の上に、克征との幸福な恋人関係を築こうとしたって無理なのだ。また、可愛い妹の不満や不幸を無視して、平然と克征との恋人関係を築き、幸せに浸《ひた》っていられる奴《やつ》になりたいとも思わない。だからこれは、これ以上思い悩んでも意味のないことだった。


　修学旅行先は王道たる京都。集合場所は東京駅の八重洲《やえす》南口。

「俺、中学でも修学旅行は京都だったんだぜ。高校は別んとこ行きたかったよな」

　朝の挨拶《あいさつ》もそこそこ、何度目になるか判《わか》らない愚痴《ぐち》を言った克征《かつゆき》に、稔人《みのる》はあっさりと返した。

「俺は中学では東北だったし、京都は初めてだから嬉《うれ》しいよ」

　クラスでも何人かは克征と同じ愚痴を零《こぼ》していた。しかし、修学旅行の楽しみは行き先ばかりではない。それを証拠に、周囲はテンション高くざわついており、克征の表情もうきうきとしている。

「まぁ、京都に二泊三日は同じでも、中学の時はグループごとの自由行動なんて大してなかったしさ。好きなとこに行けるってのは楽しみだったんだけど、今回、おまえとは別のグループだしなぁ」

そう言って苦笑しながらも、克征の表情は曇《くも》らない。稔人と全身で愛し合った昨日の今日だ。その余韻《よいん》で頭のネジが外れていても不思議じゃない。ただ、あの行為でそこまで有頂天《うちょうてん》になられると、稔人としては嬉しさと等量に切ない。自分が克征を好きなのと同じように克征も自分を好きなのだとしたら、克征に愛されていることが嬉しい分だけこれからしようとしていることに途轍《とてつ》もない罪悪感を覚える。

しかし、嬉しさも切なさも罪悪感も見せず、稔人は克征にそっと耳打ちした。

「おまえ、佐久間《さくま》達のグループだったろ？　明日の自由時間、こっそりと抜けられないか？」

「え？　それって……でも、バレたら拙《まず》いだろ？」

「バレたら拙いな。俺も小島《こじま》達に話してみないと抜けられるかどうか判らないけど、もし抜けられるなら落ち合い場所決めて、二人で行動しないか？」

克征は驚きに大きく双眸《そうぼう》を見開いた後、思い切り破顔した。

「佐久間達がダメだっつっても絶対に抜け出す」

クラス委員という立場を逸脱《いつだつ》しているだけでなく、稔人の性格からは考えられない申し出だ。それでも、昨日の今日だったから、克征はなんの疑いも持たずに稔人の申し出を受け入れた。

克征のベッドで、克征の愛撫《あいぶ》と自分の示す反応に恥じらいながら、それでも精一杯応《こた》えてきた稔人。そんな昨日の今日で、何を疑う余地がある？　そんな昨日の今日であれば、ある意味、稔人の性格と立場を逸脱した申し出は自然でさえあった。

恋が何よりも優先される年頃。このタイミングでは、修学旅行先であるからこそ違反を犯しても恋人と二人きりでデートしたいと思うのは自然な感情じゃないか。修学旅行であるからこそ、それは抑《おさ》えなきゃいけない欲求ではあるのだけれど、立場も本来の性格も逸脱するまでに感情が抑えられない稔人の想いが嬉しい。

――そんな克征の心理が手に取るように解ったから、稔人はまるで詐欺師《さぎし》にでもなったような気分だった。

最低だと思う。恋人よりも妹を優先して、妹の機嫌を取るようにして恋人と別れようとしているなんて、克征に推測できる筈《はず》もない。

別に克征より栞を優先したんじゃない。栞の機嫌を取ってるつもりもない。けれど、これは理屈で説明できないから、稔人は現実逃避のように腕時計を確認した。

「そろそろ集合時刻の八時半だな。それじゃ、点呼を取ってくるから」

稔人は逃げるようにして克征の傍《そば》を離れた。

背中に感じる視線が痛い。背中に感じる克征の想いが痛い。

先に好きになったのは自分だ。両想いになってしまえばどちらが先に好きになったかなんて関係ないのだろうし、現在進行形の想いの比重だって克征のものに負けてはいないと思っている。

それでも、他にどうしていいか判らないから……。

稔人は担任からクラス名簿を受け取ると、いつもと同じ表情、いつもと同じ態度で、克征に言った言葉通りに淡々と点呼を取り出した。


修学旅行初日は、国宝の宝庫である東寺《とうじ》で集合写真を撮《と》り、三十三間堂《さんじゅうさんげんどう》などを見学して夕刻には宿に入り、夕食と入浴。そして、夜間自由行動を楽しみ、九時の集会後に就寝《しゅうしん》。その間に何度も克征と接触する機会はあったが、稔人はその総《すべ》てをさり気無く避けた。

そして、修学旅行二日目は終日自由行動。前日の消灯時に小島達を説《と》き伏《ふ》せた稔人は、朝食の席で落ち合い場所のメモを克征に渡しただけで、ここでも会話らしい会話の一切を持たなかった。

何を話したところで上《うわ》っ滑《すべ》りになるだけだ。別に普段だって大して実のある会話はしてないけれど、こんな気持ちで下手《へた》に言葉を交わせば交わしただけ、胃を不快感で包み込むような虚《むな》しさが込み上げるばかりだ。

今、自分達の関係が累卵《るいらん》の危うさに晒《さら》されていると思いもよらない克征は、会話を避ける稔人を故意とは見ずに単なるタイミングだとして気にしてもいない。それどころか、稔人の申し出をデートの誘いだと信じているから、ひどく機嫌がいい。

堪《たま》らない。最悪な修学旅行だ。でも、もうすぐ肩の荷が下りる。

もうすぐ……もうすぐ……。

それでも、この肩の荷を下ろす時など来てほしくなかった。克征の干渉《かんしょう》し得ぬ場所で、稔人が勝手に決めてしまった事柄だったけれど、それでも稔人はこの肩の荷など下ろしたくなかった。

それでも……それでも……。

矛盾《むじゅん》だけが今の稔人を構築していた。理論を寄せ付けない分まで、何もかもが矛盾だらけだった。それでも、他にどうしようもないから克征と別れることだけに稔人は固執《こしつ》する。

克征が好きだから、克征と別れたくなんてないから、意固地なほどに克征との別れに固執せずにはいられなかった。そうしなければ、克征と別れることなんてできなくなってしまう自分を稔人は知っていた。

克征が好き。やっぱり好き。どうしても好き。

どうしようもなく好き…だけれど――…。

小島達と一緒にタクシーで宿舎を出た稔人は、途中で一人だけ降車して市バスに乗り換えると、克征との待ち合わせ場所に向かった。

稔人が克征に指定した落ち合い場所は、銀閣寺《ぎんかくじ》。庭園はそれなりに広いが、銀閣寺の前というアバウトな待ち合わせでも相手を見つけるのに然程《さほど》の不自由はなかった。

「よう」

先に到着していた克征が、稔人の姿を見つけると同時に笑顔で片手を上げる。それに稔人は表情が引《ひ》き攣《つ》らないように用心しながら笑顔を返した。

「待ったか？」

「いや、そうでもない。それにしても、稔人らしい渋い待ち合わせ場所だよな」

「そうかな？　金閣寺《きんかくじ》と並んで銀閣寺も有名だろ？」

「サウンドとしちゃな。けど、修学旅行の自由行動で銀閣寺を選ぶあたり、やっぱ渋いんじゃねぇ？」

「京都は初めてだって言ったろ？　待ち合わせとして判りやすそうな場所の中で、ガイドブックに載ってた写真に惹《ひ》かれたのが此処《ここ》だったんだよ。それに、少なくともうちのクラスじゃ今日の自由行動のコースに此処を選んでたグループはなかったし」

「大体は嵐 山《あらしやま》だろ？　嵐山はほうじ茶ソフトの美味《うま》い店があるんだよ。後で行ってみるか？」

「おまえの言う通り、うちのクラスはほとんど全部のグループが今日の自由行動に嵐山を入れてるからな。そこにグループ行動を外れた俺達が二人で行くのか？　多分、先生達も嵐山を中心に回ってるぞ」

「……だな」

稔人は視線で庭園の散策を促《うなが》し、克征は自然に稔人と肩を並べる。

観光客の姿はちらほらとあったが、制服姿のグループは見当たらない。稔人はホッとしたように呟《つぶや》いた。

「他所《よそ》のクラスにも、朝一から銀閣寺を回るグループはなかったみたいだな」

「だから、サウンドとしてはメジャーでも、おまえの趣味が渋いんだって」

稔人は苦笑しただけで、まばらな観光客すらを避けて庭園内の兎角《とかく》地味な道を選ぶ。

克征と二人きりになりたい。別れ話をしなきゃいけないから、兎にも角にも人のいないところに行きたい。

稔人の主旨《しゅし》が『別れ話』にあると知らない克征は、稔人が選ぶ人影のない道に浮かれてこそいい筈だった。しかし、人影のない道に入れば入るほど、恋人と二人きりというシチュエーションを堪能《たんのう》するよりも、稔人より先に克征が真顔になっていく。

「……それで？」

「え？」

「栞《しおり》ちゃん。俺と別れろってはっきり言われたんだろ？　それでもおまえは俺を好きだって言ってくれて、その……ああいうこともしてくれたんだってのは解ってるんだけどさ。おまえにとって栞ちゃんってのは、俺を好きだってだけで蔑《ないがし》ろにできる存在じゃないだろ？」

周囲に一切の人影がなくなると同時、克征は唐突《とうとつ》に切り出した。

「あ〜…っと、悪ィ。おまえから相談してくれるまで、俺からは何も言わないでおこうと思ってたんだけどなぁ。けど、おまえって、マジなことになればなるほど自分から相談とかってしてくれそうにないし…って、俺の忍耐不足の言《い》い訳《わけ》なんだけどさ」

克征の苦笑は自嘲《じちょう》。稔人はそんな克征を唖然《あぜん》として見つめるしかない。

克征はあの行為に単純に有頂天になっているのだと思っていた。そりゃ、稔人のシスコンぶりを知らないじゃなかったし、一度は克征だって栞が好きだったのだからその栞の感情を無視して有頂天になってるなんて思う方が浅はかだったのだろうけど、克征が敢《あ》えて稔人にそう見せていたのだ。

克征は稔人が思っていたよりもずっと稔人を気遣《きづか》ってくれていたのだろう。多分、稔人が思っているよりずっと大切にしてくれていたんだ。

報《むく》われる筈のない片恋であった頃から、どうしようもなく好きだった相手。その人に想われて、大切にされて、同じだけ大切にしたいという気持ちが生まれなければ嘘だ。好きだ、好きだ、こんなにも克征が好きだ。

——だけど……！

まるで山道のような風情《ふぜい》の、緑に囲まれた細い散歩道。稔人はピタリと足を止めると、軽く両手を拳《こぶし》に握《にぎ》ってからゆっくりと開く。掌《てのひら》が少しだけ汗ばんでいた。

「相談なんて必要ない。もう結論は出てるんだから」

「結論は出てるったって……。そりゃ、栞ちゃんに俺と別れろって言われても、おまえは俺を好きだって言ってくれて、ああやって抱き合って、さ。そこで充分結論は出てんのかもしんないけど、だからって、栞ちゃんの感情を無視するなんてできないだろ？　栞ちゃんに対してのフォローってーか……フォローのしようなんてないんだけど、そんでもあの娘をこのままになんてしておけないんだから、おまえ一人で考えるより二人で考えた方が……」

やめてくれ。そんなふうに立て続けに心がぐらつくようなことを言わないでくれ。決めたんだ。もう決めたんだから……。

「二人で考えることなんて何もない。もう、結論は出てるんだ」

稔人は決意のほどを示すように、背《そむ》けたくてたまらない視線を克征の顔に据《す》えた。

「栞の感情を無視するなんてしない。おまえとは——別れる」

「稔人!?」

克征の双眸が大きく見開かれる。その瞳を意地で見つめたまま、稔人は捲《ま》くし立《た》てるような早口で言った。

「だって……だって他にしょうがないだろ？　栞はおまえが好きだったんだ。それなのに、男のくせに俺が栞からおまえを盗《と》ったんだ！」

「なんだよ、それ？　盗るとかなんとかってもんじゃないだろ？　大体、俺がおまえを好きになったんだぞ!?」

「だからって、栞に別れろってはっきり言われて、それでもおまえと付き合っていくなんてできない！　おまえと付き合いながら、毎日栞と顔を合わせるなんて耐えられない!!　俺は……栞が可愛いんだ！　栞が大切なんだ!!」

「だったら、俺のことは大切じゃないのかよ？　おまえだって俺に惚《ほ》れてんだろ？　だから、ああやって俺に抱かれたんじゃないのか!?」

そうだ。その通りだ。とことんまで惚れてなきゃ、男に抱かれるなんてできない。あんな恥ずかしいことできやしない。

だけど、ここでの克征の反応は稔人の予測の範疇《はんちゅう》だった。だから、答えもちゃんと用意してある。

克征を大切に思わない筈がない。そして、大好きな人を妹の為《ため》に切り捨てる最低さの自覚はあるから、克征を大切にする気持ちでド最低になる覚悟はできている。

「おまえのことも大切だよ。抱かれるほど好きなんだから、大切じゃない筈ないだろ？」

「だったら、なんで……」

「でも、おまえは結局他人じゃないか。ここで別れなくても、いずれ別れたらおまえとはそれで終わりだけど、栞は一生妹だ」

「おまえ…っ」

克征のベッドで愛し合ったのはつい先日。何度も交わしたキスにとろけそうな表情をした稔人は、『一生好きだ』と言った克征に『一生なんて言葉を遣われると嘘臭《うそくさ》く感じる』と言いながらも微笑《ほほえ》んでいた。

(微笑んで…た?)

行為の最中、克征へと向けられた微笑みの儚《はかな》さ。

——泣き出しそうなぐらいの切なさで、穏やかに……微笑んでいた……?

あの時にはもう、稔人はこの結論を出していたということか? そりゃ、血の繋がりは絶対的なもので、栞が稔人の妹なのは一生変わりはしないけど、あの時の克征の言葉を逆手に取るように『一生』という言葉を遣った稔人が堪らなかった。

そんな克征に、稔人は言うべきことは言ったとばかりにホッと息を吐《つ》く。

「それで、この後どうする? 別れたての元恋人と二人で修学旅行の自由行動をするっていうのは、ちょっと悪趣味過ぎるかな?」

稔人が皮肉屋なのは知っている。だが、これは質が違う。

カッと頭に血が上った…というのではなかった。怒りという感情は不思議と湧《わ》かなかった。

しかし、気がついた時、克征の右手は強《したた》かに稔人の頬を打っていた。

耳元でなった破裂音。上体がよろめくまでの衝撃《しょうげき》。それを稔人はこの後の別行動の意味とした。別れ話で手まで上げた克征と、この後にまで一緒に行動するなんて陳腐《ちんぷ》すぎる。

「じゃあ、俺は小島達のとこに戻るから。佐久間達の予定表だと、清水寺《きよみずでら》……清水の舞台に行って待ってれば合流できるんじゃないか？」

最後にそれだけ言って、稔人は克征に背を向けて歩き出した。

克征は唖然《あぜん》としたようにその背中を見送るばかりだった。


銀閣寺を出た稔人は、そのまま大原《おおはら》へと向かった。朝一で嵐山に行った小島達は、その後に大原へ行くことになっている。そこでまずは宝泉院《ほうせんいん》を訪れるというスケジュールになっているから、宝泉院で待っていれば確実に合流できるだろう。

宝泉院の書院、腰を落ち着けた稔人は出された抹茶《まっちゃ》を一口だけ口に含《ふく》み、ぼんやりと庭を眺《なが》めた。

克征に叩かれた頬が熱を持って疼《うず》いている。でも、本当に痛いのは頬じゃない。

（敢《あ》えて言った言葉だったのに、な）

宝泉院の庭は、紅葉と竹林のコントラストが喩《たと》えようもなく綺麗《きれい》だった。銀閣寺の池泉《ちせん》回遊式庭園も、まともに観賞する余裕なんてなかったけれど、思い出してみるとすごく綺麗だった。

初めて来た京都はとても綺麗な町で、それなのに、この美しさを純粋《じゅんすい》に堪能できないのが残念だ。いや、これだけ美しいからこそ感傷に浸《ひた》るには打ってつけなのかもしれない。

『おまえは結局他人じゃないか。ここで別れなくても、いずれ別れたらおまえとはそれで終わりだけど、栞は一生妹だ』

最低な別れの選択に相応《ふさわ》しい、最低な言葉だ。克征に『一生好きだ』と言われた時には『嘘臭い』と返したけれど、稔人だって今は殊更《ことさら》に思う。

きっと克征が一生好きだ。だからこそ、あの最低な言葉を選んだのだ。

この別れは、稔人の身勝手でしかない。恋人よりも妹を選んだ最低なシスコン野郎。だったらせめて、克征が未練を残さないだけの最低ぶりに徹《てっ》しようと思った。それこそが、克征に対する稔人の思《おも》い遣《や》りだった。

……だけれど……。

(あいつも俺のこと、最低だと思ったよな。俺を嫌うには充分な言い草だったもの、な)

これで克征が稔人を嫌うところまでいってくれれば、それに越したことはない。その方が、克征の為だ。

……それなのに……。

(克征に嫌われるなんて…っ)

嫌われたくない。自分のエゴで勝手に別れを押し付けておきながら、それでも、克征に好かれていたい。いつまでも克征に想われていたい。

本当に克征の為を思って、克征に嫌われるように仕向けるのなら、抱かれるほど好きだなんて今更言う必要がないどころか、栞への愛情に比べたら克征への愛情など愛情の内にも入らないと言ってしまえば良かった話だ。克征が大切だなんて言うべきじゃなかった。

どこまで矛盾《むじゅん》しているのだろう？　どこまで得手勝手《えてかって》な振る舞いだろう？

克征と別れるなんて嫌だ。もう別れを告げてしまったのに、嫌われるどころか克征の気持ちが離れていくなんて嫌だ。克征に未練を残させなければ、それだけ克征は新しい恋を見つけやすくなるだろう。だけど、克征が新しい恋を見つけるなんて嫌だ。自分以外の誰かとあんなキスをして、自分以外の誰かをあんなに優しく、あんなに情熱的に抱く克征なんて想像しただけで吐《は》き気《け》がする。

克征がタラシだったのは知っている。あんなふうにキスした女も、あんなふうに抱いた女も、数え切れないぐらいいたのだろう。それでも、あの唇もあの愛撫《あいぶ》も、今は稔人だけのものだったのに……。

（まったく、庭が綺麗過ぎて嫌になる）

稔人はただ庭を見つめ続けた。そうしてどれだけの時間、庭を見つめていたのだろう？

「あれ？　秋月《あきづき》？」

「小島」

名前を呼ばれて振り返れば、そこには小島達の姿。

そうだった、此処では彼等を待っていたんだ。

「おまえ、東《あずま》と一緒だったんじゃないのか？」

「うん。でも、やっぱり先生に見つかったらヤバイだろ？　だから、克征とは早々に別れて、此処でおまえらを待ってた」

「嵐山でもう山脇《やまわき》に見つかったよ。おまえはトイレだって言って、なんとか誤魔化したけどさ。ありゃ心臓に悪かったぜ」

言いながら小島は稔人の隣にどっかりと腰を下ろす。

「しっかし、血天井《ちてんじょう》っていや養源院《ようげんいん》だと思ってたけど、此処のもすごいなぁ。結構はっきりと形が残ってるんでビックリ」

「血天井？　あ…ああ、そうか」

「なんだよ、血天井なら大原にもあるからって、午後のコースはグループみんなの意見取り入れて、ほとんどおまえが組んでくれたんじゃないか。それなのに、いきなり別行動するなんて言い出すから…っと、どうしたんだ、そのほっぺた？」

小島に言われて初めて気づいたように廊下の血天井を見上げた稔人に、小島は自分の頬を指して赤くなっている稔人の頬のことを尋《たず》ねた。

今日は克征と行動すると言ってグループを抜けたのだから、隠したところで無駄だろう。稔人は微苦笑であっさりと答えた。

「克征とちょっと、ね」

「な…殴《なぐ》られたのかよ？　少し前にも東とは一揉《ひとも》めしてたろ？　普段はめちゃくちゃ東と仲良いし、おまえってケンカは避けて通りそうなタイプなのになぁ」

「前回のをケンカって言うなら、今回のもケンカなんだろうけど。ただ、お互いに怒ってる訳じゃないし……ああ、でも、克征は俺に気に入らないとこがあるんだから、それで殴られりゃやっぱりケンカか」

「おまえはまたそーゆう冷めた言い方するしィ」

そこで小島達にも抹茶と茶菓子が運ばれてきたので、稔人はすっかり忘れていた自分の分の抹茶の器を手に取った。

嘘はついていないが、本当のことも言っていない。だって、本当のことなんて言えない。克征は友人じゃなくて恋人で、これはケンカと言うより別れ話がスムーズにいかなかっただけなんて、誰にも言えやしない。

克征が異性であれば、さらりと言えたことだったろうか？　小島が……小島じゃなくても誰か懇意《こんい》な友人がいれば、克征が同性であってもこの胸に詰まった重石《おもし》を吐き出すことができただろうか？

だけど、現実の親友は克征だけだった。その克征が親友であると同時に恋人だったのだから、この重石は一人で抱《かか》え込《こ》むしかない。

器を手にしただけで抹茶を口に運ぼうともしない稔人の表情を横目に見て、小島は茶菓子の包装をペリペリと剝《は》がしながら言った。

「おまえが一方的に東の気に障《さわ》ることやったんなら、さっさと謝っちまえよ。おまえらってうちのクラスでも目立つコンビだから、そのおまえらがケンカなんかしてるとクラス中の空気がぎこちなくなるんだからさ」

実情を知らないからこそ、もっともらしいアドバイスが軽く出るのだろう。だったら、こちらも軽く『そうだな』と答えておけばいいだけのことなのに……。

それができなくて、稔人は露骨《ろこつ》に話を逸《そ》らした。

「この後は三千院《さんぜんいん》だったよな？」

「おいおい、秋月ィ」

そして、小島とそれ以上の会話を避ける為だけに、稔人はようやく抹茶を口に運んだ。

隣で小島が大袈裟《おおげさ》なぐらい聞こえよがしの溜息《ためいき》をついたが、気づかなかったふりで無視した。

ただ、抹茶が苦かった。普段だったら美味として味わえる筈の抹茶がやけに苦く、どろりと喉に貼《は》りつくようだった。

修学旅行最終日もほとんど終日自由行動。貴船《きぶね》神社を抜けて入った牛若丸《うしわかまる》が跳躍《ちょうやく》の練習をしたという木《き》の根《ね》参道《さんどう》で、偶然《ぐうぜん》、克征《かつゆき》のグループと稔人《みのる》のグループは鉢合《はちあ》わせたが、稔人は視線の一つも克征に向けようとはしなかった。その後は自由行動時間内に顔を合わせることはなかったが、京都駅での集合時にも点呼を取る時にすら稔人は克征と視線を合わせなかった。そして、東京駅に到着して解散となると、稔人は克征と視線を合わせないどころかさっさと背を向けて家路についてしまった。

このままで済ませるなんてできない。これで終わりなんて、絶対に認めない。そんな克征の感情ごと撥《は》ね付《つ》けるような背中を稔人に見せられて、克征は思わず東京駅の公衆電話から暗記しているナンバーをプッシュした。

「……ああ、俺。今、修学旅行から帰ってきてさ。土産《みやげ》、あるんだ。行ってもいいか？」

こんな気分のまま、誰もいない自宅に帰る気にはなれない。そして、こんな気分の時、ついつい頼りたくなってしまう精神的拠《よりどころ》が一つだけあった。

克征にだって、親友を自覚する存在は後にも先にも稔人しかいない。そして、公衆電話からコールした相手には、親友どころか懇意《こんい》という感覚すらを持ってはいない。

それなのに――ひどく特別な存在。

愚痴《ぐち》ったことはあっても、相談なんて一度もしたことはない。そして、今回も相談なんてするつもりはなかったけれど、今はその人しか思い浮かぶ顔がなく、その人にしか会いたいとは思わなかった。

その人の元しか、行くべき場所がなかった。

「もぉ、いきなりなんだから！　あたし、デートの真っ最中だったのよ？　結構イイ男だったんだから!!」

「腰、強そうだったのか？」

「それだけじゃなく、会話がスマートで、何より顔が良かったのよ！　顔が!!」

「そんでも、俺からのコールを優先させてくれたってのは感動だなぁ」

「お土産、あるんでしょ？　日持ちしないものだって解ってたからね」

高級分譲《ぶんじょう》マンションの一室。リビングの応接セットのソファにどっかりと腰を落ち着けた克征に加奈《かな》はオールドパーをロックにしたグラスを左手で差し出し、右手に残ったグラスを口に運びながら克征の正面に腰を下ろした。

「これ、オールドパー？　シーバスねぇの？」

「あたし、シーバスは嫌いだもの。文句があるなら、飲まなくていいわよ」

「あ〜っと、そうそう、土産。加奈、この関西寿司の店の鯖寿司《さばずし》が美味《うま》いって言ってたろ？ わざわざ買ってきたんだぜ」

「だと思ったわ。冷蔵庫、入れてきてよ。明日食べるから」

「これまたわざわざ今日持ってきたのに、食うのは明日かよ？」

「あら、克征だって鯖寿司《おみやげ》なんて口実でしかなかったんでしょ？ 最近、まったくってぐらい誘ってくれなかったのに、修学旅行から帰ってきた足でそのままあたしのマンションに来るなんてね」

「…………」

「また、稔人くんとケンカでもしたの？」

「なんでそうなる訳《わけ》よ？」

「克征がブルーになってあたしのとこに来るほどウェイトのある存在って、親友である稔人くんぐらいしかあたしは知らないもの。……で、当たり？」

「──これ、冷蔵庫に入れてくるわ」

克征は手にしていたグラスをテーブルに置くと、鯖寿司の包みを持ってキッチンへと行った。その後ろ姿を視線で追うこともなく、加奈はオールドパーのロックを唇に運ぶ。

「それで、こんな時刻に来たんだから、今夜は泊まれるのよね？」

「ん？　……ああ」

「デートの邪魔した埋め合わせも、ちゃんとしてくれるんでしょ？」

「──ああ」

そこでようやく、加奈はグラスを手放すと、克征のいるキッチンを身体ごと振り返る。

「だったら、すぐに始めましょ。克征からコールが入った時には、もう火がついてたのに帰ってきたんだから、その感謝も込めてね」

「そう…だな」

鯖寿司の包みをしまって冷蔵庫のドアを閉めた克征は、制服を脱《ぬ》ぎ落《お》としながら加奈のいるソファに戻ってきた。

深く重なる唇。濃厚なベーゼ。ソファから加奈の身体を軽々と抱き上げた克征は、なんの躊《ちゅう》躇《ちょ》もない足取りでそのまま加奈の寝室へと向かう。そう、その行動も足取りも、加奈でなければ違和感になど気づけなかっただろう。

ベッドに下ろした加奈に尚《なお》もくちづけながら、克征は加奈の衣服を一枚一枚剝《は》いでいき、自分の衣服も脱ぎ落としていく。

そして営《いとな》まれる行為。それは加奈が教えた通りの、加奈好みの愛撫《あいぶ》だった。だからこそ、加奈はそこにある違和感に気づかずにはいられなかった。

（……克征……？）

克征の愛撫は、女性を尊重するまでに優しい穏やかな愛撫。だからといって、克征の雄の本能が働いていない訳ではない。加奈でなければ、これはフェミニストで充分に通用するセックスだったろうが……。

(克征があたしのとこに来たのって、稔人くんと何かあったからじゃなかったのかしら？)

訝《いぶか》しみながら、加奈も慣れた展開に合わせて克征の背に両腕を回す。

そう、これは慣れた展開。克征が相手であっても、克征が相手でなくても、奇抜《きばつ》なプレイを楽しむつもりがなければセックスのパターンなどある程度は決まっている。

だけど、克征は明らかに何かが違っていた。そして、始まった行為の最中に、加奈はそれを問《と》い質《ただ》す気などなかった。問い質しようもなかった。

——最初の一言を切り出そうにも、克征があまりにひたむきに愛撫してくるので……。

心のないセックスに、切ないぐらいの愛撫を施《ほどこ》すことで、克征は加奈の身体に縋《すが》ってきていた。だから、加奈は何も言わずに克征の愛撫に濡れた吐息《といき》を漏《も》らし、グラマラスな肢体《したい》をより官能的に捩《よじ》らせた。

「ただいま」

「おかえりなさい」

俯《うつむ》き加減に開いた玄関のドア。習慣的に口にした言葉に返ってきた出迎えの言葉に、稔人はギョッとして顔を上げた。

「……栞《しおり》……」

「お母さん、今、裏の高木《たかぎ》さん家《ち》に行ってるの。またおばさんと喋《しゃべ》り込《こ》んでるみたい。お茶、淹《い》れようか？」

玄関先で稔人を出迎えた栞がさり気無く手を差し出すから、うっかりと重いドラムバッグごと渡しそうになって、稔人は慌《あわ》ててドラムバッグから引っ張り出した家族用の土産の包みだけを栞に手渡した。

「喉、渇《かわ》いてないから」

——どうして？　どうして栞が稔人を出迎えたりする？　どうして栞から稔人へとまっとうな言葉を掛けてくる？

その理由はすぐに判った。

「あの……東《あずま》さんと別れるって、……本気……？」

「え？　あ…ああ」

栞の質問で合点《がてん》がいった稔人は、ゆっくりと靴を脱いだ。

「もう別れてきた。修学旅行先で」

「だって、お兄ちゃん！」

「おまえがそうしろって言ったんだろう？」

咄嗟《とっさ》にそれを言ってしまった稔人に、栞は全身をビクンとさせて傷ついた表情をする。いじめられた子供のように瞳を潤《うる》ませる栞に、稔人は激しい自己嫌悪に襲《おそ》われ、それと同時に自己弁護が胸中に湧《わ》き上《あ》がる。

だって、克征と別れたばかりなんだ。絶対に離したくない、絶対に別れたくない大好きな人と、あんな一方的なひどい言葉で別れてきたばかりなんだから、ナーバスになってて当然だろう？　その別れに荒《すさ》んだ心が、八つ当たりで鋭利な言葉を吐き捨てさせたとしても当然じゃないか。だって、それだけ克征のことが好きだったんだ。

それでも、今の一言だけは言うまいと心に決めていた筈《はず》だった。自分で決めたことなのだから、この決定だけは栞のせいにするまいと思っていたのに……。

自制心を寄せ付けぬほど、克征との別れに傷ついている。だけど、栞を選んだんだ。いくら稔人にとっては選択肢のない選択で、どちらを選ぶなんてものではなかったといっても、結果として恋人よりも妹を選んだ。

泣きたいのは栞よりも稔人の方だ。そして、禁句を口にしてしまったら、ここで泣くことだけを我慢して何になる？

稔人はおもむろにドラムバッグを投げ出すと、大股《おおまた》に栞へと歩み寄り、遮二無二《しゃにむに》その身体を抱き締めた。

「お…お兄ちゃん!?」

いくら本来は兄妹仲が良いといっても、稔人の突然の抱擁《ほうよう》に栞は慌てふためく。そんな栞の反応に何を誤魔化すよりも、稔人は脈絡なく言う。まるでその言葉で自分自身を改めて納得させるように──…。

「栞が……大切…なんだ。……性欲…のない恋愛感情っていうのがあるなら、こういうのことを言う…のかな？　それぐらい、栞が…好き…なんだ」

「お兄…ちゃん……」

「それぐらい栞が好きで、大切で……」

涙で声が震えるのを隠すように、稔人は栞の肩に強く顔を押し付けた。

腕の中にすっぽりと納まった小さな身体。力を加減できない強い抱擁に細い身体が折れそうに撓《しな》るから、華奢《きゃしゃ》な身体に何か確かな安定感を求めるように稔人は栞を抱き締める両腕により力を込める。

「で…でも、克征は…性欲…を感じるぐらい…好き…だった。男同士…なのに、恋愛…で、あいつも…男…なのに、あいつだったら……あいつだから、抱かれてもいいと思った。抱かれたいと…思った…んだ」

「……お兄ちゃん……」

「ご…ごめん。こんな泣き言、言うつもりなかった…のに……。でも、本当にあいつが好き…だったんだ。もう終わったこと…なのに……」

「……お兄ちゃん……」

「俺が選んだ…んだ。あいつが好きで、でも、栞が大切…だったんだ。俺が……俺が選んだんだから……」

栞を抱き締める稔人の身体が小刻みに震えている。紡《つむ》がれる言葉に『お兄ちゃん』と呼ぶ以外は何も紡ぎ返す言葉が見つからなくて、ただ抱き締められていた栞がそれでもようやく稔人の背に手を回そうとした時、稔人の身体がスッと離れた。

身を離す瞬間、栞の肩で涙を拭《ぬぐ》った稔人の顔に涙はなかった。けれど、その目は痛々しいぐらい赤くなっている。

「これで本当に……終わりにする。変な泣き言に付き合わせて、ごめん」

もう一度詫《わ》びると、稔人は投げ出してあったドラムバッグを手にして、階段を上っていった。それを栞は引き止められずに黙って見送った。引き止めようにも、何を言っていいか判らなかった。言葉が何も出てこなかった。

階上でドアがパタンと閉まる音がする。

――泣いている。自室で一人きりになった兄は、今度こそ誰に何を遠慮《えんりょ》することもなく泣いている。多分……きっと……。

それでも栞はその場を動けなかった。稔人を追いかけて稔人の部屋に行くなんて、とてもできなかった。

ルームランプに照らされた寝室。カチリと響いたライターの着火音。漂《ただよ》う紫煙。

克征は気だるそうに上体を起こすと、無造作に頭を掻《か》いた。

「俺にも一本ちょーだい」

加奈は火をつけたばかりの煙草《たばこ》を自分の唇から克征の唇に移すと、新しい煙草を銜《くわ》えて火をつけた。

二人してしばらくは黙ったまま煙を吐き出していたが、先に沈黙を破ったのは克征だった。

「――ごめん」

「何を謝ってるの？　上手《じょうず》なセックスだったわよ。完璧だったんじゃない？」

「そーゆう言い方って、意地が悪いぞ」

「あら、完璧だったわよ。あたしが相手じゃなければね。それで、誰のことを考えながらあたしを抱いてたの？」

嫉妬《しっと》するよりも、くすくすと笑いながら聞いてくる加奈に、克征は露骨《ろこつ》にブスッくれた。

克征は恋をしている。合わせた肌《はだ》で知った、それは加奈の確信だった。他の女だったら気づかなかっただろうが、身体だけは男と女の関係があっても、心は男と女の関係になったことのない加奈だから、克征の恋に嫉妬するよりも興味を覚えた。

しかし、心にあった誰かへの燻《くすぶ》りを加奈に見抜かれても、そこにある恋という感情までを見抜かれているとは思いもしない克征は、ブスッくれさせていた表情を情けないものに変えると、ハーッと大袈裟《おおげさ》なぐらいの溜息《ためいき》をついた。

「稔人が、さ」

「え？　稔人くん？」

「何、意外そうにしてんだよ？　最初から言い当ててたじゃん。『また、稔人くんとケンカでもしたの？』って」

「そ…れは、そう…だけど」

思わず唇からベッドに落としそうになった煙草をサイドテーブルの上の灰皿で揉《も》み消《け》すと、加奈はその灰皿を手に取って克征に差し出した。

克征はそこに長くなった灰をトントンと落とす。

「稔人の奴《やつ》、いきなり俺に……絶交状叩きつけてきやがって、さ」

「絶交状？」

「その……栞ちゃんが……あいつの妹が、俺に惚《ほ》れてくれてたのは知ってるし、あいつが超のつくシスコンなのも解っちゃいたけど、さ。そりゃ、俺も一時期は栞ちゃんに、まぁ、惚れてたってーか……。けど、今はそうじゃないんだから、そんなんどーしょもないじゃん。あいつがどれだけシスコンだろうと、それで一方的に俺を切るってのはないと思う訳よ」

克征は肺に思い切り煙を吸い込んでから、加奈の手の上にある灰皿で乱暴に煙草を揉み消した。

克征の言っていることは筋が通っている。親友にそんなふうに切り捨てられれば不貞腐《ふてくさ》れて当然だし、今克征が見せている態度も充分不貞腐れている。しかし、加奈を抱いていた時の克征に、その憂《う》さを晴らそうとするものはなかった。

そりゃ、稔人は克征にとって特別な存在なのだろう。だけど、それだけでは先刻のセックスの違和感への説得力に欠ける。そして、加奈が確信した通りにあの違和感が克征の恋によるものなら、答えは一つだった。

それでも信じられなくて、加奈は啞然《あぜん》としたように呟《つぶや》いた。

「あなた、稔人くんとは親友じゃなくて、恋人、だったの？」

「なっ！　なんでそーゆうことになんだよっ⁉」

克征の慌てぶりが、加奈の言葉を肯定《こうてい》している。それに加奈は、驚きを隠すように呆《あき》れて見せた。

確かに、克征と稔人の間にあったのが友情ではなく恋愛感情だったとすれば、克征の違和感はとても納得できるのだけれど……。

「うわぁ、男同士で恋愛した上に、恋より妹を取られちゃったなんて、不毛この上ないわね」

「だから、なんでそーゆうことになんだよ!?」

「じゃあ、違うの？　あたしとあなたの間には、恋も友情もないのよ？　この距離の付き合いで、フィルターもないあたしの目を誤魔化せると思ってる？」

「ぐ…っ」

　声を詰まらせた克征が決定打。だから加奈は今度こそ納得し、克征は開き直る。

「悪かったな。どーせホモだよ。けど、俺は本気で稔人が好きなんだ」

「克征が同性愛者じゃないことなんて、あたしが誰よりも知ってるわよ。でも、それだけ好きなのにあたしを抱きにきたってあたりは、高校生にしちゃスレすぎね」

「……初めての女の教育が良かったもんでね」

　克征は加奈の身体の上に身体をクロスさせるように上体を伸ばし、サイドテーブルの上にあったフィリップモリスのボックスとライターを鷲摑《わしづか》む。

「今、加奈以外の女なんて抱いたら、もっと落ち込むだけだかんな。加奈の身体で発散したなんてつもりもなかったけどさ」

　乱暴な仕草でボックスから一本を引き抜いて唇に銜《くわ》えた克征は、尚も乱暴な仕草で火をつけてブカブカと煙を吐き出す。

「それに、稔人を諦《あきら》めるつもりで加奈を抱いたんでもない。あいつを諦める為のセックスだったら、それこそ加奈以外の女を抱きに行ってる」

「それは……光栄ね」

加奈は皮肉ではなく言うと、克征が放り出したフィリップモリスのボックスを拾い上げて、自分も一本唇に銜えた。

多分、克征と交わすセックスはメンタルな意味ではセックスではない。セックス以外の表現方法はないし、交わす行為自体はセックスでしかないのだが、それでもセックスではない。それを交わせば肉体的な充足感は得られるが、互いに対する性欲はない。それを他人に説明できるだけの言葉は何もないが、だからこそ克征はここで加奈を抱いて、加奈はここで嫉妬よりも興味よりも別の感情を持つ。

加奈は口に銜えた煙草に火をつけて、ゆっくりと吸い込んだ。

「稔人くんの妹っていうと、あの娘《こ》、かぁ」

その呟きを聞き逃した克征は克征で、ひどく力強く呟く。

「ここで引き下がるかよ。俺は稔人が好きなんだ。あいつがいくらシスコンだからって、ここで諦められっかよっ」

相手が加奈《かな》だから、浮気という感覚じゃなかった。稔人《みのる》が一方的に終わらせてきた関係は克《かつ》征《ゆき》の中では終わっていないから、その行為だけを取ったら浮気以外の何物でもないのだけど、克征にとって情事を楽しんだという感覚はないし、情事ですらなかったと言ってもいい。

そして、加奈に対して宣言した言葉が一層克征を奮《ふる》い立《た》たせた。男同士という一般的に見ればアブノーマルな関係だから、稔人とのことを誰にも言うつもりはなかったけれど、誰かに対して音にした言葉は自分の中だけでは持ち得なかった力となる。

（こんなとこで終わらせない！　俺は稔人が好きなんだ‼）

稔人に嫌われたのだとしても諦《あきら》められたかどうか判らないのに、稔人は克征を嫌ったんじゃない。それどころか、『しょうがない』と言いながら別れ話をして、別れ話をしながら『抱かれるほど好き』だと言ってきたのだ。

どうしてここで終わらせられる？　どうしたらこんなところで終われる？　ここで終われるぐらいなら、男同士という段階でとっくに始めていない。

修学旅行の疲れを引《ひ》き摺《ず》った翌朝、克征は常より三十分も早く登校し、教室の窓から校門を潜《くぐ》る生徒達の中に稔人の姿を探した。

栞《しおり》にその現場を目撃された日の翌日も、克征はこうして稔人の登校を教室で待った。だけど今日は、此処《ここ》で稔人が来るまで待っているつもりはない。

(――来た!)

あの日から約半月ぶりに、肩を並べて校門を潜ってきた稔人と栞。克征を切り捨てたことで、兄妹仲《きょうだいなか》が修復したということか? それを守る為《ため》に稔人は克征を切り捨てたのだろうが、それをどうこう思うより前に、克征の目に栞の姿は映《うつ》っていなかった。

克征は全速力で教室を飛び出した。

昨日あれだけの醜態《しゅうたい》を晒《さら》したのだから、栞としてはそれでも無視を続けて登校時刻をずらすなんていうのはしにくかったのだろうが、自宅を出てから学校につくまで、二人の間に会話はまったくなかった。栞が喋《しゃべ》り掛《か》けてこないだけじゃなく、稔人からも何を話し掛けていいか判《わか》らなかった。

それでも、栞と気まずくなった原因は取り除かれたのだ。あとは時間に解決してもらうしかない。

そう、時間に解決してもらう他はない。栞とのことだけでなく、克征のことも……。

時間が経《た》てば、いつかはこの気持ちも薄れるだろう。そうすれば、この胸の痛みも薄れる。

時間が経てば、この想いも痛みも過去のものになっていくのだから……。

——でも、本当にそうなれるのだろうか？

その時だった。稔人はグイッと手首を摑まれ、進行方向とは逆の方向に引っ張られ、その衝《しょう》撃《げき》に引っ張られた手とは他方に持っていたカバンを取り落とした。

「あ……東《あずま》さん⁉」

栞の驚きの声で稔人が自分の手首を摑んだのが克征だと知った時には、潜ってきた校門の外へと再び引き摺り出されていた。

「か……克征？」

何？　なんなんだ？　その疑問を稔人が克征に問うより早く、克征は片手を上げてタクシーを止めると強引に稔人を押し込んだ。

突然のことに茫然《ぼうぜん》とする稔人を意に介《かい》さず、克征は運転手に行き先を告げる。タクシーが目的地に到着するより早く稔人は我に返ったが、タクシーの中で男同士の痴情《ちじょう》の縺《もつ》れを演じる勇気はなかった。

タクシーが停車すると克征はドライバーに料金を払って、稔人を乱暴にタクシーから降ろした。そして、またしても摑んだ手首を強引に引っ張り、裏路地へと向かう。

「ちょっ……ちょっと、克征！　学校が‼」

「今戻ったって遅刻だ。潔《いさぎよ》くサボっちまえ」

付け入る隙《すき》を与えない克征の態度よりも、克征の足が向かう先にある建物に稔人はパニックする。いや、このシチュエーションだけでもパニックするには充分だったのだけど……。

「ちょっ……ちょっと待てよ！　おまえ、何処《どこ》に……」

「此処のフロントは、無人システムだからな。何回か使ったことあるんだ」

「そういうことじゃなくて…っ」

「──それともおまえは、こんな公道で銀閣寺《ぎんかくじ》の続きをやるつもりか？　俺はそれでも構わないけどな。おまえだって、あれで俺が納得したとは思ってないだろ？」

「だ……だからって、何もこんな場所……」

「二人きりで話せる場所を此処にしないでカラオケボックスにして、前回は思い切り後悔したかんな」

「そ…んな……」

克征との両想いを初めて自覚させられたカラオケボックス。栞の気持ちを気遣うあまりに克征の想いに素直に耳を向けられなかった稔人に、あの時、克征はなんと言っていた？

（冗談じゃない！）

今回は前回以上に堂々巡《どうどうめぐ》りになるだろう。だからって、言葉よりも身体で説明されたくなんてない。そんな説明なんてされなくても克征の気持ちは解《わか》っているのだから、ここで抱かれたりしたらそれこそ泥沼《どろぬま》だ。

別れると決意して、やっとの思いで別れを告げて、それでもまだこんなにも克征が好きなのに、ここで克征に抱かれたりしたら最悪だ。

咄嗟《とっさ》に逃げ出そうとした稔人の手首を、それでも克征は離さない。

「そんなに中に入りたくない？　だったら、ここで続きを始めるぜ」

「克征……」

ラブホテルの前、学生服姿の男が二人。それだけでも充分人目を引く光景だ。それなのに、別れ話の続きをここで始めるなんて正気の沙汰《さた》じゃない。銀閣寺《ぎんかくじ》での平手打ちで話が終わらなかったのだとしたら、ここでは銀閣寺以上の悶着《もんちゃく》が目に見えているのに、男同士のそんなみっともない姿を、本気で世間に晒すつもりなのか？

しかし、克征の瞳は躊躇《ちゅうちょ》すらしていなかった。

——崖《がけ》っ縁《ぷち》。ふとそんな単語が稔人の脳裏《のうり》に浮かぶ。

稔人は抵抗をやめると、克征に手を引かれるままその建物に入った。

そう、これは崖っ縁。ここで抵抗を続けて、無責任な見物人まで集めてしまったら収拾がつかなくなるどころじゃない。

ラブホテルだからといって、克征に抱かれる為に入るんじゃない。話し合う為に……今度こそ克征と別れる為に入るだけだ。

(別れる為？　克征が認めてなくても、俺はもう克征と別れたのに？)

行動を正当化する理屈を探すたびに、矛盾《むじゅん》が発生する。そのたびに稔人は悲しくなった。こんなにも自己愛が強いタイプだったのかと呆れてしまうぐらい、自分が哀《かな》しくなった。

初めて入ったラブホテルの一室。稔人をベッドに座らせた克征は、けれど、稔人を抱こうとしないどころか稔人と並んで座ろうともしなかった。

真正面に立って両腕を組み、威高に睨《にら》み下《お》ろしてくる克征の常にはない迫力に、圧倒されるよりも息苦しくて、稔人は視線を逸《そ》らせずにはいられない。

そんな二人の間で音にされる言葉は、予測通りの堂々巡り。

「俺はおまえと別れる気なんかないからな」

「俺はもう……おまえとは別れたつもりだ」

「おまえが勝手に別れたつもりになってるだけだろ？　俺は別れないって言ってるんだ」

「俺は別れたと言ってるんだ。おまえの都合だけで交際は成り立たない。いくらおまえが別れる気はないって言っても、こういうのは二人の……」

「同じ言葉を返してやるよ。おまえの都合だけで破局なんかできっか。片想いじゃなくなった時から恋愛も交際も二人でやってきたんだからな」

「でも、俺にはもうおまえと付き合っていく気はないんだ！」

栞に晒した醜態《しゅうたい》を克征にまで晒すつもりはないのに、稔人は泣き出しそうな声で叫《さけ》んだ。

それに克征は稔人の叫び以上の怒声を上げる。

「稔人!!」

ビクンッと稔人の身体が震える。そんな稔人の様子に克征は気持ちを落ち着けるように深呼吸したが、出てきた台詞《セリフ》は声音が穏やかなだけで鋭利な刃物のようだった。

「だったら、はっきり俺を嫌いになったって言えばいい。振るんだったら、抱かれるほど好きだなんて言わないで、顔も見たくないぐらい嫌いになったって言えよ。そんなこと言われたって、同じクラスじゃ顔を合わせない訳にゃいかないけど、それでも……そこまできっぱり振られりゃ、口をきかないぐらいの努力はしてやれるかもしれない」

稔人はもう一度ビクンと身体を震わせると、逸らしていた視線をゆっくりと克征に向けた。

振る？　誰が誰を？

稔人が克征を、以外にはない。でも、稔人には克征を振るなんて意識はなかった。ただ克征と別れようとしただけで……。

(あ…ああ、そうか。俺から別れるってことは、俺が克征を、振る、ってことなんだ)

そんな当たり前のことに今頃になって気づいて、気づいた途端に妙に指先が冷たくなった。

「嫌いになったって言えよ。別れ話はそこから始めるものだろ？」

「あ……」

「ほら。そうじゃなけりゃ、本当の別れ話は始められないぜ」

真《ま》っ直《す》ぐに見つめてくる克征の恐《こわ》いぐらいの眼差《まなざ》しに耐え切れず、稔人は俯《うつむ》いた。

「き……きら……」

「瞳を見て言え」

稔人は手元のシーツをギュッと握《にぎ》り締《し》め、決死の思いで顔を上げると、血を吐く思いで唇を開いた。しかし、音になった言葉は——……。

「き…嫌いになった……なんて、言える訳ないじゃないか！　好き…なんだから！　こんなに好きなんだから!!」

どうにもならない想い。しかし、それを音にしても克征の表情は厳《きび》しく引き締められたままだった。だから、稔人の唇は暴走してしまう。

「でも、もうおまえとは別れたんだ！　栞に……栞にそう言ったんだ!!　今朝《けさ》……今朝やっと、また栞が一緒に登校してくれたんだ！　栞が……だって栞が、大切なんだ!!」

「おまえが超のつくシスコンだってことぐらい、とっくに知ってる。そんでもって、おまえは俺を嫌ってない。それなのにどうして俺だけが振られなきゃなんないんだ？」

「おまえには解らない！　おまえは一人っ子で、妹なんていなくて、でも……俺は栞が可愛《かわい》いんだ!!」

「妹がいたとしたって、おまえと同じ感覚を持ってる奴《やつ》は少ないと思うぞ」

そこでこれ以上はないというぐらい深い溜息《ためいき》を落とした克征は、膝を折って稔人の視線に視線を合わせた。

「それでも俺は、ずっとおまえの親友をやってきて、そっから恋人に昇格して、友情も愛情もひっくるめておまえを見てきたから、おまえの感覚を他の奴よりは理解してると思う。けど、おまえは俺の感覚を理解しようともしてくれなかったんだよな」

「……え……?」

「はっきり言って、栞ちゃんの感覚はおまえほど理解できない。ただ、兄貴が男とあんなことしてる現場を目撃しちまった妹の反応は簡単に想像がつく。栞ちゃんも結構なブラコンだから、俺が想像するよりずっと激しい拒絶反応をしたってことぐらいは解るさ。だけど、おまえはそこで栞ちゃんの気持ちばかり気遣《きづか》って、俺の気持ちは考えようともしてくれなかったんだよな」

克征の……気持ち……?

考えなかった訳じゃない。それを考えたから、別れ話にあんなにもひどい言葉を選んだんだ。

でも、それは克征の気持ちを考えていたとしても、本当の意味の感情を考えてのことじゃ……なかった?

ああ、そうだ。自分の辛《つら》い気持ちに手一杯で、栞を思《おも》い遣《や》るのが精一杯で、克征の感情は一切見ていなかった。

克征が稔人と同じように稔人を好きで、稔人と同じぐらい稔人を好きでいてくれたなら、稔人の選択を知った時の克征の感情は？　稔人の言葉を聞いた時の克征の感情は？

こんなに好きなのに、どうしてこんなにも好きな人の感情を無下《むげ》にできたのだろう？　それこそが好きだからだ。こんなにも好きだから、その人の感情を無視した。その感情を見てしまったら、別れることなんてできなかった。

違う。そんなのは方便だ。別れられるとか、別れられないとか、そんなのは取ってつけた言い訳だ。本当は……ただ…本当は……。

「もしも逆の立場だったら、おまえはどう思うよ？　おまえがどれだけ栞ちゃんを大切にしているかは解ってるつもりだから、おまえから相談してくれるのを待って、待ちきれなくなっても一緒に栞ちゃんのことを考えようって言ったのに、栞ちゃんの為だけに切り捨てられて……。いくら一度は惚《ほ》れた腫《は》れたと騒いだ娘《こ》だとはいえ、恨《うら》みたくなるぜ？」

「そん…な……」

克征が栞を恨む？　そんなの栞のせいじゃない。栞は悪くないんだから、恨むんだったら栞よりも稔人を恨めばいい。だけど、克征の感情からすれば、栞を恨んで当然だ。稔人は克征を好きだと言いながら、栞が大切と言って克征を振ったのだ。そんな当然の感情すら、克征の感情だから見ようとしなかった。

克征はちゃんと稔人の感情を考えてくれていた。だからこそ、稔人から相談していくのを黙って待ってくれていて、それに痺れを切らせても一緒に栞のことを考えようとしてくれた。だけど、稔人は——…。

「お…俺は、偽善者、なんだ」

栞に晒したよりも、もっとひどい醜態だ。栞には涙を見せなかったけれど、頬を涙が伝っていく。克征が同じ目線でいるのに、克征の目前で頬を伝う涙を止められない。

「おまえが……おまえが俺を好きなこと、知ってたから……。俺はおまえを好きだから、おまえの気持ちを気遣うのは俺にとって、とても……とても都合のいいことだったから……。まるで自分を甘やかす為におまえを気遣っているような気になるぐらい、俺にとって都合のいいこと…だったから……。だから俺は、おまえの気持ちなんて考えも…しなかった」

「稔人」

「偽善者、なんだ。単に栞に後ろめたかっただけ…で、それなのに栞に言わなくていいことまで言って……。おまえに抱かれたことも、抱かれるほどおまえを好きなことも栞に言って、おまえと別れたことも栞に言われたからだなんて…言って……」

その告白に、克征は『そんなことまで栞ちゃんに言ったのか？』と思わず信じられないという表情をしてしまったから、改めて鹿爪《しかつめ》らしい表情をするよりも苦笑した。

「おまえが本物の偽善者だったら、そんなこと栞ちゃんに言っちゃいないわな」

「でも、偽善者、なんだ…っ！」

「違うよ。そーゆうのはマゾってーの」

そして、克征は静かに稔人の身体を抱き締める。まるで壊《こわ》れ物《もの》を扱《あつか》うような優しい仕草での抱擁《ほうよう》。そこに過保護さはあっても、性欲は微塵《みじん》もなかった。

「栞ちゃんを傷つけて、自分だけ幸せになるのが堪らなかったんだろ？　だからって、俺まで犠牲《ぎせい》にするのはやめてくれ。俺はしっかりおまえと幸せしたいんだし、おまえに俺を不幸にする権利はないんだからな」

妙に大人を感じさせる言《い》い含《ふく》めるような克征の口調に、稔人が反発心を持つより早く、抱擁が少しだけ強くなった。

「ここでまた変な劣等感《れっとうかん》持つなよ。おまえが偽善者なら、俺は卑怯者《ひきょうもの》なんだから」

「……え……？」

「おまえの気持ちを解ってなかったら……おまえが完璧な別れ話のセオリーを踏んでたら、とてもじゃないけどこんな余裕なかった。別れ話をするなら俺を嫌いだって言うとこから始めろなんて、とてもじゃないけど恐くて言えなかった」

克征はゆっくりと抱擁を解くと、涙に濡《ぬ》れた稔人の瞳を吐息の掛かる距離から見つめた。

「今回、俺のがずっと分《ぶ》がいいんだぜ？　恋人なんだから、おまえは分《ぶん》が悪い分も俺に寄っ掛かっちまえよ」

「克…征……」

「おまえ、俺とは別れちまえばそれで終わりの他人だけど、栞ちゃんは一生妹だって言ったじゃん。けどさ、別れちまえばそれで終わりの筈《はず》の他人が、一生ものの存在になってもいいって思うんだよな。言っただろ？　俺は一生おまえが好きだって」

なんて臭《くさ》いことを真顔で言ってくるんだろう？　こんな臭い台詞が、だけど、こんなにも感動的だなんて――…。

新しい涙が次々と頬を伝っていく。

「お…まえ、ずるい……」

「は？」

「決め台詞。こんな時に、そんな臭い言葉で決める…なんて……」

何が『決め台詞』になったのかが解らない克征は、それでも二人の交際が始まった時に稔人が言っていた『決め台詞に納得したら』という一言を思い出して微笑《ほほえ》んだ。

「ここで決め台詞に合格点もらっても、Hはもうさせてもらっちゃったから、別の御褒美《ごほうび》がほしいな」

「御…褒美？」

「素直に言えよ。決め台詞の御褒美に、たまには目一杯素直になってくれてもいいだろ？」

克征のその笑顔があまりに優しかったから、稔人は首を縦に振るより、横に振るより、遮二《しゃに》無二《むに》目前の身体にしがみついた。

「克征……克征…っ」

「ほら、言えよ」

「す…好き。おまえが…好き！　おまえが……好きなんだ‼」

「もっと」

「わ…別れたくない！　好き……好きなんだ‼　別れたくない‼」

「うん」

冷静な時であれば稔人が腹を立てるじゃ済まない、まるで赤ん坊をあやすような仕草で、克征は稔人の背中をポンポンと叩いた。


（……お兄ちゃん……あの後、どうしたのかしら？）

稔人《みのる》が落とした学生カバン。それを栞《しおり》の教室まで稔人が取りに来ることはついになかった。

一日の授業が終わり、二人分のカバンを抱《かか》えて栞は教室を出る。

（あの後、東《あずま》さんと……どうなったんだろ？）

それを考えると腕の中のカバンがズシリと重くなるだけでなく、胃がキューッと締め付けられた。

また自分のせいで兄と克征《かつゆき》の仲が拗《こじ》れている。だけど、前回のような罪悪感よりも今回は別のものを感じてしまう。別のことを考えてしまう。

(あたし、嫌な娘《こ》だわ。お兄ちゃん、泣いてたのに……。あんなに東さんのこと、好き…なのに……)

稔人はもう帰宅してるのだろうか？ その可能性を思っただけで、栞の足は引《ひ》き摺《ず》るように重くなる。

恐《こわ》いほどの無表情で稔人の手を摑《つか》み、強引に引き立てていった克征。あの後、二人はどうなったのだろう？ ひどいケンカになったりはしてないだろうか？ まさか……まさか仲直りなど、い、い、い、い、い、いはしてないいだろうか？

そんな考えごとと憂鬱《ゆううつ》で頭を一杯にしていた栞は、校門を出ても周囲の異様なざわめきに気づかなかった。

「あっ、やっと出てきた。こんにちは、栞ちゃん。あたしのこと、憶《おぼ》えてる？」

「えっ？」

名前を呼ばれてハッと顔を上げた栞は、そこで周囲の喧噪《けんそう》と自分に向けられた注目に気がついた。

「え……えっと、加奈《かな》…さん？」

以前に二度、真っ赤なスポーツカーを校門前に乗り付けた彼女を見た。一度目は克征を、二度目は稔人を攫《さら》っていった妖艶《ようえん》な美女。そのインパクトを記憶から完全に消し去る方が難しい。

だけど、この美女に自分が声を掛けられる謂《いわ》れが解《わか》らない栞は、思わずきょろきょろと左右を見てしまう。それに加奈は効果的な仕草で掛けていたサングラスを外して艶笑した。

「あなたよ。あなたに用事があったの。ちょっと付き合ってもらっていい？」

「あ…あの……でも……」

過去の二回と同様にブガッティを従えている加奈に、栞は露骨《ろこつ》な尻込《しりご》みをする。

ブガッティのような派手な車に同乗することだけでも二の足を踏むには充分なのに、二度見掛けたことのあるだけの加奈は栞にとって初対面と大差ない相手で、そんな人物の車に同乗するなんて、こんなスポーツカーでなくとも躊躇《ちゅうちょ》しないではいられない。

そんな栞に、加奈はサングラスを掛け直しながら言った。

「早くしてもらえると助かるわ。私達、注目の的よ。それとも栞ちゃんは、こういう注目を浴びるのって好き？」

「そ…そんな……」

バッと頬を紅潮《こうちょう》させてオロオロする栞に、加奈はブガッティのドアを開けて栞の乗車を促《うなが》しながら、ストレートに本題を切り出した。

「克征のことで話があるの。つまりは、稔人くんのことでもあるのかな？」

「あ…あたし、お話しすることなんてありません！」

刹那《せつな》、過剰《かじょう》反応な声音で言ってしまった栞に、周囲は一層ざわめき、加奈はワインレッドで描いた唇をシニカルに笑ませた。

「そっか。栞ちゃんは克征と稔人くんがこのまま喧嘩《けんか》別れしちゃった方がいいんだ。なるほどね。OK、解ったわ。それでもあたしとしては、栞ちゃんの話を聞いておきたかったんだけど……。ほら、あたしが栞ちゃんの気持ちを知ってれば、稔人くんと仲直りしたい克征にあたしから栞ちゃんの気持ちを伝えて仲直りにストップ掛けることもできるかもしれないし」

加奈の台詞《セリフ》に、周囲のこそこそ話が栞の耳に飛び込んでくる。

「何、東先輩と秋月《あきづき》先輩、またケンカしてたの？」

「そういえば、ほら、今朝《けさ》……」

「秋月さんが原因？　あの二人を喧嘩別れさせたいって……」

それに栞は、泣きそうになって加奈に反論した。

「あ…あたし、お兄ちゃんと東さんに喧嘩別れしてほしいなんて思ってません！　ただ!!」

「ただ？」

「あ…っ」

ただ、兄に克征とあんな異常な付き合いをしてほしくないだけだ…なんて、兄と克征の関係を暴露《ばくろ》するような発言をこんな公衆の面前でできる訳《わけ》がない。

言いよどむ栞に、周囲の囁《ささや》きは想像までを含んで広がっていく。それに加奈は、自分だけさっさとブガッティに乗り込んだ。

「はいはい、栞ちゃんはお兄ちゃんに克征と喧嘩別れはしてほしくない訳ね。でも、あたしと話をする時間を惜《お》しむ程度にしか仲直りもしてほしくない訳だ」

「そ…そんなこと……」

「ああ、あたしに言い訳なんていらないのよ。これは克征と稔人くんの問題だもの。気紛《きまぐ》れであなたに会いに来はしたけど、結局あたしは部外者だから」

周囲の視線と囁きが痛い。そんな中に栞を置き去りにするように、加奈はブガッティのエンジンを掛けた。そのエンジン音に弾《はじ》かれたように栞はブガッティに駆け寄ると、周囲の注目から逃げ出すようにブガッティに乗り込んだ。

走り出したブガッティ。助手席に座った栞はくすんくすんと鼻を鳴らしてベソをかきだす。

「ひ…ひどい、加奈さん……。あんな言い方……」

加奈は真《ま》っ直《す》ぐに前を見てハンドルを握りながら、素直に詫《わ》びた。

「ごめんなさい。ああでも言わないと、栞ちゃんたら車に乗ってくれそうもなかったから」

「だ…だからって」

「だからって、あそこまでの言い方する必要はなかったのよね。栞ちゃんがあんまり可愛《かわい》いから、つい意地悪したくなっちゃったのよ」

「ば…馬鹿にしてるんですか？」

理不尽《りふじん》すぎる仕打ちに、栞は制服のポケットから取り出したハンカチで目元を拭《ぬぐ》いながら、らしくもない言い返しをした。

それに加奈はわざと揶揄《からか》うようなクスクス笑いで答える。

「何言ってるの？　妬《ねた》ましくなるぐらい可愛いから、あんな意地悪しちゃったんじゃない。こんだけ可愛い娘が絡《から》んじゃったら、男二人の仲も拗れて当然よね。——一般的な拗れ方じゃないけど」

「……え……？」

意味を図りかねて加奈の横顔を見つめた栞に、加奈はチラリと横目で視線を送って苦笑した。

「栞ちゃんて、本当に……嫌んなっちゃうぐらい可愛いわね。被害者にしか見えない泣き顔をナチュラルにできちゃうぐらい可愛いなんて、お姉さんまでまいっちゃうわ」


連れて行かれた加奈のマンションは、まるでトレンディドラマに出てくるようなお洒落《しゃれ》さ。こんな部屋は友人の誰一人として所有していない。

応接セットのソファに向かい合わせに座りながら、栞は雰囲気《ふんいき》に飲まれて小さくなっている。

加奈は「失礼」の一言で煙草《たばこ》に火をつけると、単刀直入に切り出した。

「それで、どうしても克征とお兄さんの付き合いは許せない？　まぁ、栞ちゃんみたいなタイプじゃなくても、お兄さんに男の恋人がいるなんて認められないのが普通よね。でも、克征に稔人くんを諦《あきら》める気はないみたいよ」

加奈は殊更《ことさら》ゆっくりと煙を吐《は》き出《だ》し、栞はギョッとして俯《うつむ》かせていた顔を上げた。

この女性《ひと》は兄と克征の関係を……知っている？　先刻、栞を挑発した言葉は兄と克征の友人としての仲違《なかたが》いを示唆《しさ》しているように思えたが、この女性は……加奈は全部知っているのか？あの二人の関係を……あの二人のしていたことを……。

「ど…ど…して……？」

「あたしも昨日知ったばかりなんだけどね。克征が言ってたのよ」

「き…のう？」

「そ。あの子ったら、修学旅行から帰った足で此処《ここ》に来てあたしを抱いてったんだけど、よっぽど稔人くんとのことに煮詰まってたらしいわ」

なんでもないことのように笑う加奈に、けれど、栞にはなんでもないことじゃない。

修学旅行から帰った足で克征が此処に来た？　そして加奈を、……抱いた？

ゾッと栞の背筋を走った悪寒は嫌悪感。それと同時に、途轍《とてつ》もない反発心と怒りが湧《わ》いた。

「嘘！　だって、東さん、お兄ちゃんがいるのに!!」

「あら、本当よ。克征に聞いてみれば解るわ」

「嘘!!」

「大体、嘘である必要はないでしょう？　栞ちゃんは克征と稔人くんに別れてほしいんだし、それで稔人くんは克征を振ったらしいし、振られた後に克征が何をしようと自由じゃない？」

「嘘!!　嘘、嘘、嘘っ!!」

激しく首を振りながら、普段からは想像もつかない激しい声音で『嘘』を連発する栞に、加奈は呆《あき》れたような表情で煙草を吸っては、白い煙を吐き出す。

「なんでそこまで嘘だと思うのかしら？　栞ちゃんはお兄さんが克征と恋人なのが嫌なんでしょ？　そして、お兄さんは妹の御機嫌を取って恋人と別れられちゃう程度にしか克征を好きじゃなかったんだわ。それなのにどうして克征にだけ『東さんにはお兄ちゃんがいるのに』なんて言葉を向けられるの？」

違う！　あの兄が男同士であんなことをするほどの想いだったのだ。あの兄が栞の前で泣くほどの恋だったのだ。

「いいじゃない、克征もその程度にしかお兄さんを好きじゃなかったのよ。もしかして、栞ちゃん、克征のプレイボーイぶりを知らない？　稔人くんとそうなる前までは、克征ってあっちこっちの女と遊びまわってHしまくってたのよ」

その噂《うわさ》は知っている。それが真実だというなら真実でいい。しかし、兄が別れを告げた途端に女を抱きに行くなんて許せない。兄は今でも克征のことがあんなに好きなのに、克征の想いはその程度だったなんて……その程度の気持ちで兄にあんなことをしていたなんて……。

「最低！　東さん、最低だわ!!」

「その克征を、栞ちゃんも好きだったんでしょ？」

「そ…なことまで……!!」

プライバシーの侵害《しんがい》だ。そりゃ、克征のことは好きだったけれど……本当に本当に好きだったけど……。

だからこそ、最低だと思ってしまう。克征にとって、恋とはその程度のものなのか？　兄への想いはそんなに簡単に切り捨てられてしまうものなのか？

「東さんなんて、もう好きじゃない！　お兄ちゃんはまだあんなに東さんが好きなのに、お兄ちゃんにあんなことまでしておいて、お兄ちゃんと別れた途端に女の人とそんなことする東さんなんて大嫌い!!」

「あんなこと、ねぇ。なるほど、男同士の上にプラトニックじゃなかった訳か。そりゃ、栞ちゃんの拒絶反応も当然だわね」

加奈はくすくすと笑いながら短くなった煙草をテーブルの上の灰皿で揉《も》み消《け》し、組んだ膝に頬杖をついた。

「でもね、男とか女とかじゃなくて、恋として本当に好きな相手だったら、心だけでなく身体も欲しくなるものなんじゃない？　栞ちゃんが一度でも本当に克征が好きだったんなら、そういうのって解らないかなぁ？」

「そ…そんなの、考えたことありません！」

即座に否定した栞に加奈は双眸《そうぼう》を見開いたが、やがてゆっくりと微笑《ほほえ》む。それは、男達の前では一度も見せたことのない、ただ優しくて穏やかなだけの微笑み。

「そっかぁ、なるほどね。ネンネちゃんは、まだ本当の恋を知らないんだ」

「そ…そんなこと…っ」

「そうじゃなければ、栞ちゃんは最初から克征が好きなんじゃなくて、お兄ちゃんが好きだったんだわ」

「え……？」

訳が解らないという顔をする栞に、加奈はまたしてもくすくすと笑った。

「だって、克征はお兄ちゃんの親友だったんだもんね」

そして、新しい煙草を手に取って火をつける。

「栞ちゃんは、お兄ちゃんの恋人に克征が相応《ふさわ》しくないから嫌なんじゃなくて、男同士だから嫌なのよね？」

「だ…だって、男同士なんて異常でしょ？　おかしいです」

「だったら、お兄ちゃんの相手が女なら良かったんだ。お兄ちゃんが好きになったのが女なら、抱き締めて、キスして、それから……」

「嫌っ!!」

間髪《かんはつ》置かない反応だった。その反応をしてから、栞自身が自分の反応の激しさにハッとしたように双眸《そうぼう》を見開いた。

思わず出てしまった反応だからこそ、理屈ではない感情だった。加奈の言葉に、兄が見知らぬ女を抱き締め、くちづけ、ベッドへと誘う光景がまざまざと脳裏に浮かんだ瞬間、唇がその感情を答えにしていた。

「……あ…っ」

栞は唖然《あぜん》としながら、震える唇に震える指先を伸ばした。その姿に、加奈はフッと吐息《といき》で微笑む。

「そろそろ、誰よりも最低な自分を認めちゃった方が楽よ。本当は、お兄ちゃんが男同士で…ってことより、お兄ちゃんに恋人ができたのが嫌だったんでしょ？　お兄ちゃんにそういうことしちゃうぐらい好きな人がいるのが嫌だったのよね？」

「……加奈…さん……」

「第一印象そのままの娘だわ、栞ちゃんって。本当に可愛いのね。だから、お兄ちゃんも……稔人くんも栞ちゃんが可愛くて可愛くて過保護が当たり前になってたんだろうし、栞ちゃんは稔人くんの愛情を独占してるのが当たり前になっちゃってたのね」

加奈は栞を責めるのではなく、それを当然とするように言いながら、まだ長い煙草の火を灰皿で揉み消した。

それに栞は不本意ながらも納得するしかない。だけど、それでも――…。

「男同士、なんですよ？」

「ん？」

「お兄ちゃんと……東さん。加奈さんは、東さんと……あの……そういう関係、なんでしょ？ その東さんが、男同士で……その……。平気…なんですか？」

「ああ、そのこと」

加奈の笑顔は殊更明るかった。

「あたし、克征の初めての女なの。あたしが克征を男として育てたと自負してるわ。あの子のベッドテクニックは、女《あたし》に指導されただけあって本当に女好みだけど……恋してたら克征に万人好みのセックスなんて教えてないわ。克征もね、あたしをその辺の女と一緒に見てたら、あんなに稔人くんを好きな状態であたしを抱けやしなかったと思うのよ？」

「……？」

小首を傾《かし》げることで疑問を示す栞に、加奈は苦笑する。

「言葉で説明するのは難しいわね。ただ、言えることは――克征とあたしは男と女じゃないの。だから、稔人くんを好きな克征はあたしを抱けたのよ。稔人くんを好きな気持ちのまま、あたしの身体に縋《すが》ってこれたのね」

「……ごめんなさい、あたし理解力がないのか、加奈さんの言ってる意味が……」

「うん、あたし自身も言葉じゃ説明できないことだもの。ある意味、肉親が同性と恋仲になったってことより特別な相手ができたことを認められなかった栞ちゃんの感情を、理路整然と説明するのが難しいのと一緒かな？」

加奈の眼差《まなざ》しが包み込むように優しい。だから栞は俯いて、この時に初めて自分の心の本質を探った。

「あ…たし……東さんが、好き、だった……。お兄ちゃんの親友で、お兄ちゃんと一緒にいる東さんが……好き…だったんです」

「うん、そうだと思った」

「でも、東さんにお兄ちゃんを盗《と》られたくなかった……盗られたくないの。お兄ちゃんはあたしの……お兄ちゃんなの。あたしだけの……お兄ちゃん…だったんだもの……」

「うん、そうね」

エゴイズムを否定することなく素直に語った栞に、加奈はそのエゴイズムを指摘しようとはせずにそっと立ち上がると、栞の隣に移動した。

ふわりと包み込むような抱擁《ほうよう》、栞の鼻腔《びこう》をくすぐった甘い香り。だからといって、栞はその身体に自ら抱きつこうとはしなかったけれど……。

「加奈さん、なんでそんなにあたしのこと、解るんですか？」

「栞ちゃんがあたしの憧《あこが》れたタイプの女の子だったから…かしら？　あたし、栞ちゃんみたいな女の子になりたかったのよ？」

栞のようになりたかったという加奈は、栞よりもずっと美人で大人だ。驚いて加奈の胸元から顔を上げた栞に、加奈は柔《やわ》らかい仕草で栞の顔を自分の胸元に抱《かか》え込《こ》み直《なお》す。

「あたしの職業、知ってる？」

「え？」

加奈の胸に抱き締められる倒錯的《とうさくてき》シチュエーションにうろたえるより早くに尋《たず》ねられて、栞は身もがくよりも考えた。

働いてるようには見えない。でも、大学生にはもっと見えない。

「……ＯＬ？」

「はずれ。お嬢様よ、あたしの職業」

無難なラインで答えた栞に加奈は笑いながら栞の頭を抱き締めて、その豊かな乳房《ちぶさ》に栞の顔を押し付けさせた。

「父がね、洒落にならないクラスの実業家なの。だから、あたしはいつか父の事業の為《ため》に、父の事業の肥《こ》やしとなる男のとこに嫁《とつ》ぐの。それに不満はないわ。父との商談は成立してるし、だからこそ今好き勝手に遊ばせてもらってるんだしね」

「そ…んな……」

「女としての将来が決まった段階で、恋ができなくなったわ。あたしが栞ちゃんみたいなタイプだったらまた違ったのかもしれないけど、あたしはあたしだったからこれでいいの。そんな中で知り合った克征だけがちょっと特別だったんだけど、あの子だってあたしにとっては男じゃないし、恋じゃない。それでも特別だったから、男とか女とかなんて関係ないぐらいの恋をする克征に味方したいって気持ちが働いたわ。だからって、栞ちゃんの感情を真《ま》っ向《こう》から無視して克征だけの為に動く気はなかったのよ？　だって、あたし、できるなら栞ちゃんみたいな娘になりたかったんだもの」

「加奈…さん……？」

「似合いもしないのに、栞ちゃんにこそ似合いそうな服、沢山《たくさん》持ってるの。今度探しておいてあげるわ。だって、あたしは栞ちゃんみたいな娘にはなれないし。だから……あたしがしがらみに捕《と》われてできなくなった恋を、あたしよりもっとあっていい筈《はず》のしがらみにも捕われないでできちゃう克征を、なんとなく応援したくなっちゃったのよね」

加奈が語ったのは、栞では理解できない感覚だ。そして、栞のような一般中流家庭に育った少女には想像もできない環境だ。

しかし、加奈はそれ以上自分の立場を語ろうとはしなかった。

その代わり――…。

「栞ちゃん、処女《バージン》でしょ？　いっそ、稔人くん相手にロスト・バージンしちゃえば、逆にもっと寛大《かんだい》になれるかもよ？　お兄ちゃんが恋人とすることは、栞ちゃんも知ってる行為《こと》になるからね」

「そ…そんな……兄妹《きょうだい》なのに……」

「でも、お兄ちゃんが好きなんでしょ？　だから、男同士っていうのに託《かこつ》けて、克征と稔人くんのことを反対したのよね？」

「で…でも、お兄ちゃんを好きなのは兄妹として…だもの」

「そうね、稔人くんも栞ちゃんを兄妹として好きね。それで、両想いの恋人を振っちゃうくらいに、ね」

その時、栞の脳裏《のうり》に鮮明に甦《よみがえ》った稔人の声。

『栞が……大切…なんだ。……性欲…のない恋愛感情っていうのがあるなら、こういうのことを言う…のかな？　それぐらい、栞が…好き…なんだ』

あの時、兄は切なる想いで栞の身体を抱き締めていた。その想い、その切なさをようやく実感として捉《とら》えた栞は、加奈の抱擁にキュッと抱擁を返し、加奈の胸に自ら顔を埋《うず》める。

「あ…あたし……お兄ちゃんと一緒にいる東さんが……お兄ちゃんの親友である東さんが……本当に…好きだった」

「うん」

「――…が、好きだったの」

最低な独占欲だ。それを認めた栞に、加奈は傷口に塩を塗《ぬ》るようなことはしなかった。それどころか、加奈の胸元に顔を埋めてそれまでとは違う意味の涙を流す栞の頭を、ただただ優しく撫《な》で続《つづ》けた。

それは、稔人ととても良く似た愛情表現で、だけど稔人のそれとはあきらかに違っていて、それでも……姉がいればこんな感じだったかもしれないと思わせるには充分な慈愛の仕草だった。


（どうしよう？　どうしたらいい？）

夕食をボイコットした稔人《みのる》は、就寝《しゅうしん》には早すぎる時刻から自室のベッドに潜《もぐ》り込《こ》んだ。

場所がラブホテルだったにも拘《かか》わらず、克征《かつゆき》は抱き締めた稔人にそういうことをしてこようとはしなかった。そりゃ、ラブホテルぐらい閉鎖《へいさ》された空間でなければ男同士であんなふうに抱き合うことはできなかっただろうけど……。

性欲に起因しない抱擁《ほうよう》だった。泣いてしまった稔人に、克征は性欲に起因しないキスを、髪に、額に、頬に、ただ優しく落としてくれた。稔人の涙が止まるまで、克征は暖かい抱擁と優しい唇を稔人に与え続けてくれた。

情熱だけではないあんな想いまで見せられて、どうしたらこれ以上克征を拒絶できる？　ましてや泣きながら本心を告げてしまったのだ。克征は稔人からの宣言の撤回《てっかい》を無理強《むりじ》いしようとはしなかったが、あそこまで己《おのれ》を晒《さら》してしまったら『もう別れたんだ』なんて理屈は通用しやしない。

（でも、栞《しおり》にはもう別れたって言ったのに……）

克征に再び別れを告げるだけの心の強さなんて持ってない。だから、栞と必然的に顔を合わせなくてはならない夕食の席につけなかった。今夜だけ逃げたところで、問題は何も解決しないのに……。

（……栞……俺…俺は……！）

その時、ノックもなしにドアが開かれた。

「お兄ちゃん、カバン。——え？　もう寝てたの？」

掛けられた声にベッドの中でビクッと身体を震わせた稔人に、栞は持ってきた稔人の学生カバンを机の上に置くと、ちょっとだけ考えた後に稔人が寝ているベッドに近づいた。

「起きてるんでしょ？」

「…………」

「ね、今日は泊めて」

「えっ⁉」

栞の台詞《セリフ》にギョッとして稔人が跳ね起きた時には、上掛けをめくった栞がもぞもぞと隣に入り込んでいた。

「やっぱり起きてた」

「し…栞？」

「パジャマに着替えてからカバン返しに来て正解」

くすくすと悪戯《いたずら》っ子《こ》のように笑う栞の真意が理解できなくて、稔人は途方に暮れてしまう。

そんな稔人のパジャマの裾《すそ》を引っ張って、栞は稔人に身を横たえることを促《うなが》す。

「お兄ちゃんのベッドに泊まりに来るの、久しぶり。東《あずま》さんが泊まりにくると『稔人のベッドはダブルだから』って言って客用布団使わないけど、元々はあたしの為《ため》のダブルベッドってくらい泊まりにきてたのよね」

訳《わけ》が解《わか》らないまま横たわった稔人の身体に、すりすりと栞が擦《す》り寄《よ》ってくる。

今朝《けさ》から栞はまた一緒に登校してくれるようにはなったけれど、空気はあくまでぎこちなかった。それなのに、いきなりどうしたんだ？　そういえば今も、以前と同じ気の置けなさでノックもなくドアが開いたけれど……。

こんな……いきなりこんなふうに元に戻られたって困る。だって、もう克征とは別れられない。もう克征と別れるなんてできない。

「しお……」

だからといって、どうしていいかも判《わか》らずに口を開きかけた稔人の言葉を言わせまいとするように、栞はいきなりにそれを言った。

「お兄ちゃんが好き。せ…性欲…ってどういうのか解らないけど、それのない恋愛感情って、きっとこういうののことを言うんだわ」

克征と別れた時、稔人が言った台詞をそのまま綴《つづ》った栞は、あの時の稔人と同じようにその身体を抱き締めようとはしなかった。その代わり――…。

「え……?」

ふわり…と唇に触れた柔らかな甘い感触《かんしょく》。それが栞の唇だったのだと稔人が知った時には、それは稔人の唇から離れていて、栞は目元まで上掛けを引き上げて真っ赤に染まった顔を隠そうとしていた。

「し…栞……?」

「ダ…ダメね、あたしって。加奈《かな》さんにお兄ちゃん相手にロ…ロスト・バージンしちゃえってアドバイスしてもらったのに、な…なんか……これが精一杯……」

ロスト・バージン? 栞のロスト・バージン!? それだけで稔人が愕然《がくぜん》とするには充分だったが、どうしてここで加奈の名前が出てくる?

「加奈さんって、栞っ」

「そ…そんなに、顔、見ないで。は…恥ずかしいんだから」

そんな問題じゃない。克征とのことも、今のキスも忘れて詰め寄ろうとした稔人に、栞は真っ赤に染まった顔を今度は稔人の胸で隠した。

「あ…あのね、ロスト・バージンはできなかったけど、今のがあたしの…ファーストキス…なの。バ…バージンはせ…性欲っていうのが解るぐらい本当に好きな人ができるまで取っておくから……だから……ファーストキスがお兄ちゃんってだけでいいわ」

胸元から漏《も》れ聞《き》こえてくる栞の言葉が、まるで宇宙人の言葉のようだ。まったく意味が理解できない。

そんな稔人を差し置いて、栞はギュッと稔人にしがみつくと、それを一気に言い切った。

「お兄ちゃんとファーストキスできたから、もういいの。だから、お兄ちゃんは東さんとお付き合いしてもいいわ」

「え……？」

「ごめんね。あたし、お兄ちゃんを東さんに盗《と》られたくなかった。お兄ちゃんはあたしだけのお兄ちゃんが良かったの。ごめんね。ごめんね」

稔人は自分で考えて自分で判断したのだから、それは別に栞が詫《わ》びるようなことじゃない。それに、栞のファーストキスの相手になることで克征との関係が許される理屈が稔人には解らない。

それよりも、栞のファーストキスの相手が自分であったことに、だんだんと嬉《うれ》しいという気持ちへの自覚が出てきてしまう。血の繋《つな》がった兄妹なのにそんなふうに感じてしまう自分と同様の愛情と執《しゅう》着《ちゃく》を栞が持っていたのなら、栞の拒絶も実感として解る。

栞の唇を我物顔で味わい、その身体までを手にするなんて、それがどんなにできた男であろうと許せない。

だけど、栞は許してくれた。稔人が克征に心も身体も奪われることを許してくれたのだ。

今はそれが稔人の意識の総《すべ》てだった。

「あ…りがとう」

稔人は栞の身体をキュッと抱き締めた。それに栞は稔人の胸にすりすりと顔を摺り寄せながら、抱擁を返してきた。

克征と交わす抱擁とはまったく違う抱擁。だけど、これは克征との抱擁にも負けない抱擁。この妹が、恋人とは違う意味であっても恋人に引けを取らないぐらい愛《いと》しくて、特別だった。ただそれだけのことだった。

稔人は栞の髪に何度も唇を落とした。それはまるで、ラブホテルで克征が稔人に落としてくれた唇のように。

突然に出された加奈の名前。突然すぎる栞の理解。それらの根拠《こんきょ》よりも、今はこの時が何よりも貴重だった。

まるで綿菓子のような少女。目の中に入れても痛くない妹。その細くて柔《やわ》らかな身体を抱き締め、いつしか聞こえてきた寝息に絡《から》め取《と》られて、稔人も眠りの世界に滑《すべ》り込《こ》んでいった。

「あたしが呼んだのは栞《しおり》ちゃんだけだったと思うのよ？　昔買った栞ちゃんに似合いそうな服が出てきたから、栞ちゃんにあげようかな～って……」

加奈《かな》のマンション。応接セットのソファに栞を間に挟《はさ》んで両隣を陣取った克征《かつゆき》と稔人《みのる》は、まるで害虫を見るように目前の加奈を睨《にら》みつけている。

あれから稔人も栞から詳《くわ》しい話は聞いていない。それでも、栞への加奈の関与が克征との関係を栞に認めさせてくれたのだとは解《わか》っている。だけど、栞よりも克征のことで加奈と接触していた稔人には感謝よりも強く感じてしまうものがある。

稔人と旧《もと》の鞘《さや》に収まった克征も、加奈のお陰で栞が二人の仲を許してくれたらしいと稔人から聞いて知っていたが、加奈とは直接的に親密な関係を持ってきたからこそ感謝よりも強く感じてしまうものがある。

それは——可愛《かわい》い栞への悪影響の心配。

稔人にとって栞が途轍《とてつ》もなく特別な存在なのと同様…とまではいかなくても、克征にとっても栞は特別な存在ではあるのだ。そうじゃなければ、いくら稔人に似ているからといって、あれだけ惚《ほ》れた腫《は》れたと騒ぎはしなかっただろう。

ブスッくれて加奈を睨みつけている男どもの間で栞は一つ溜息《ためいき》すると、いきなりソファから立ち上がって仔《こ》ウサギのように加奈へと跳ね寄った。

「服も嬉《うれ》しいけど、お化粧《けしょう》も教えて。加奈さんのお化粧って素敵なんだもの」

「いいわねー。栞ちゃんにお化粧するなんて、お人形さん遊びみたいで素敵ー♡」

穏やかに流れ出した日々の中、急速に親密になった女どもはキャッキャとはしゃぎ、男どもの眉《まゆ》が吊《つ》り上《あ》がる。

「栞！　高校生が化粧なんて必要ない!!」

「栞ちゃんは化粧なんかしなくても充分可愛いじゃん！　化粧なんて不良のすることだぞ!!」

そんな二人を振り返ると、栞はわざと加奈に抱きつきながらベーッと舌を出す。

「お兄ちゃんと東さんがやってることほど不良じゃないもん。それに、男同士が許されるんだったら、女同士だって許されていいと思う」

以前の栞は、こんな反論の仕方はしなかった。それより、『女同士だって許されていいと思う』っていうのは、つまり……？

「まさか…だろ？」

唖然《あぜん》として呟《つぶや》く稔人に、克征は眉根を寄せながら呟き返す。

「前に言ったたっけ？　加奈は栞ちゃんみたいな娘《こ》にコンプレックス持ってるって」

「だったら、一層……」

「知ってるか？　コンプレックスは憧《あこが》れの裏返しって場合も多いんだってな」

「だからって、女同士で……」

「言っとくけど、加奈にモラルは期待しない方がいいぜ」

悪影響への不安的中どころじゃない。そんなことは断じて許せない。

「栞、友達は選びなさい！」

「栞ちゃん、早まっちゃダメだよー!!」

男どもの大騒ぎにツンとそっぽを向いてみせる栞の身体を支えながら、加奈は微苦笑で栞に耳打ちした。

「いきなり大した成長ぶりね」

それに栞は不思議そうな表情をして耳打ちを返す。

「成長してないから、意地悪してるのよ？　だって、まだ……東さんにお兄ちゃんを盗《と》られちゃったのが、ちょっとだけ悔《くや》しいんだもの」

「そこで大好きなお兄ちゃんに意地悪できるようになったあたり、やっぱり成長したんじゃない？　反抗期は子供の成長の、解りやすい目安だしね」

そこで内緒話モードを放棄《ほうき》した栞は、プクンと頬を膨《ふく》らませた。

「あ、ひどーい、加奈さん。また馬鹿にしてー」

だけど、本気で加奈に腹を立ててはいない。そして、稔人に対しても本気で意地悪するつもりはない。

そう、本気で嫌がらせしたいと思って、今でも克征に兄と別れてほしいと思っているなら、こんな虚言《きょげん》よりも修学旅行から帰った日の克征の行いこそを兄に知らせてしまえばいい。いくら克征が元プレイボーイで、加奈と本質的には男と女の関係ではないと誰が説明したところで、兄には納得できないだろう。

だから、栞はそれを稔人に言う気はない。そして、栞がそんなことを知っているなんて夢にも思わない克征と稔人には、栞が怒った素振《そぶ》りで頬を膨らませたところで、加奈とイチャイチャしてるようにしか見えない。実際、加奈と栞の抱擁《ほうよう》はまだ解かれていない。

「栞ちゃんと加奈、かぁ。ビジュアルは最高に煩悩《ぼんのう》ものなんだけどな。百合《ゆり》の世界は男の夢だし……」

ついポロリと零《こぼ》した克征に、稔人が眉を吊り上げる。

「勝手に百合の世界にするな！　うちの栞はノーマルだ!!」

「わ…解ってるよ。俺も栞ちゃんにはノーマルでいてほしいし。ただ、ビジュアルとしてだけ見れば……」

「大体、なんで栞が加奈さんと親しくなってるんだ？　俺だって今日会うまで、加奈さんとはあれ以来会ってなかったんだぞ？」

「そんなこと言われたって、俺が知る筈《はず》ないじゃん」

「おまえが知らなくたって、原因はおまえに決まってる。元々、おまえが加奈さんの知り合いだったんだから、おまえが知り合いじゃなけりゃ栞も加奈さんと知り合う機会はなかった筈だ」

「そ…そんな無茶な……」

「無茶じゃない！　おまえの責任だぞ？　どうしてくれるんだ⁉」

妹可愛さで無茶苦茶な責任転嫁《てんか》をされた克征は、ついつい視線で加奈に助けを求めてしまう。その視線も稔人の気に障《さわ》ったらしい。

それはそうだろう。加奈が克征の初体験の相手であることは稔人も知っている。それだけでも敵意を持つには充分なのに、栞まで毒牙《どくが》に掛けようとしている加奈に目の前で克征に助けを求めるような目線を送られて面白《おもしろ》い筈がない。

「克征！」

名前で咎《とが》められて、克征は反射的に首を竦《すく》めてしまう。その光景は、恋人同士の痴話喧嘩《ちわげんか》……端から見ればノロケそのものだ。

見せつける為《ため》に自分達がイチャついている意味をなくしたことを知った栞と加奈は、その馬鹿馬鹿しさに微苦笑を交わし合ってゆっくりと抱擁を解いた。

「お茶でも淹《い》れてこようかしらね」

「あ、手伝います」

ソファから立ち上がると、加奈の後についてキッチンに行こうとした栞は、そこで一度二人を振り返った。

「おまえ、本当はやっぱり加奈さんが好きなんじゃないか？」

「なんでそーゆうことになるんだよ？」

「だったら、なんで、加奈さんに救いを求めるような、あんな……。ああ、とにかく！　加奈さんより俺が大切なら、栞をなんとかしろ、栞を！」

「だから、なんでそーなるんだよ？」

「おまえの責任だからだろ！」

今まで栞が知らなかった、兄の姿がそこにはあった。でも、そんな兄の姿は幸せそうに見えたから、栞は兄を克征の元に残して加奈のいるキッチンへと消えた。

「克征!!」

「おいおい、勘弁してくれよ〜ぅ」

支離滅裂《しりめつれつ》な稔人に、克征はお手上げ状態。だけど、このお手上げ状態は妥協《だきょう》範囲だ。

克征は「う〜ん」と唸《うな》った後、稔人の唇にヒョイとくちづけた。フェイントな克征の行動に稔人は一瞬気勢《きせい》をそがれ、次の瞬間に顔を一気に紅潮《こうちょう》させた。

「な…な…なんのつもりだ!?」

「いや、フォローのつもり…かな？」

「なるか！」

稔人は克征の頭にゴンッと拳骨《げんこつ》を振り下ろした。それは銀閣寺《ぎんかくじ》で克征が放った平手とは比べようもないほどライトなもの。言い争いも、稔人の妹大事も、現在のそれは克征にとってとてもライトなもの。

それは栞が受けた印象のまま、今、二人が納まるべきところに納まっていて、とても幸せだという証拠だった。

あとがき

篠野碧

はじめまして&こんにちは。篠野碧と申します。

この本は、今までになく書くのが苦しくて、今までになく書いていて楽しい一冊でした。どんな話でも全然苦しくないという作品はありませんでしたし、全然楽しくないという作品もありませんでしたが、それがこれだけ極端だったのは初めてでした。

著者校でゲラを読み直してみたら、何がそんなに書きにくくて苦しかったのか自分でも解《わか》らなくなってしまったのですが、苦しかったところはとにかく苦しかったんです。でも、書いていて本当に楽しい作品でした。これからも今回以上に楽しく作品を書いていけたらいいなぁ。でも、今回以上に苦しいのは嫌だなぁ(笑)。

――苦しくて楽しいなんて、矛盾《むじゅん》してますね。あ、苦しいのが楽しかったんじゃなくて、苦しかったけど楽しかったってことなんですが。そーいえば、作品も…ってゆーか、主人公の稔《みの》人《る》もなんか矛盾してましたね。矛盾だらけの一冊☆

そうそう、克征《かつゆき》と稔人の修学旅行先は京都にしましたが、私自身、中学の修学旅行は京都でした。だけど、中学の修学旅行で憶《おぼ》えているのは、お夕食に湯豆腐《ゆどうふ》が出たことくらいです。ちなみに高校の修学旅行は台湾《たいわん》でした。高校の修学旅行で憶えているのは、お昼に出た謎《なぞ》の蒸し料理に対する疑問だけです。

学生の頃から私という奴《やつ》は食い意地しかなかったのかと思うとちょっと悲しくなりますが、十代の頃はお寺とかに興味がなかったんですもの～ぅ。今はお寺とか庭園とか好きで、京都にはよく行ってます。京都はごはんも美味《おい》しいですしね。って、結局ソレなのか、私は……。

最後に――…。

挿絵《さしえ》をつけてくれたみずき健ちゃん、どうもありがとう。今回は漫画も入るそうなので、とても楽しみです。

新書館様、担当さん、友人達、他にもこの文庫に携《たずさ》わってくださった皆々様に厚く御礼申し上げます。

そして、誰よりも今これを読んでくださっている方に、ありがとうございます。少しでもこの本を楽しんでいただけたなら嬉《うれ》しいです。まだまだ修行中の身ですが、精進《しょうじん》しますので今後ともヨロシクしていただけたら幸いです。

二〇〇一年　文月　篠野碧

秋月家の場合 その1.
秋月家の兄妹は評判の美男美女兄妹だ。
両親にとってもそらもう超おススメ特選のご自慢兄妹。
キムタクより稔人の方がかっこいいわよ♪
タッキーより稔人の方がハンサムだわ♪
なっちもかわいいけど栞の方がかわいいなァ♪
深キョンもかわいいけど栞の方がやっぱかわいいよなァ♪
二人ともさぞかしモテてるだろうなァ♪
毎朝ゲタ箱あけるとラブレターがドサーッと出てくるんだよ…
トーゼンよね♪
でもあのコ達そーいう事おしえてくれないのよねー！
つまんないわ
栞なんかご近所の親父さんアンケートじゃダントツ人気NO1だぞう♪
あらっ稔人だって町内奥さまアンケート恋人にしたい男NO1よッ♪
秋月家では親バカと書いてミーハーと読む……かもしれない…

秋月家の場合 その2.
そんなワケで… 父も母も美男美女兄妹のお相手にはキョーミバクバクだ
稔人ったらつきあってるコとかいないの―？
いない.
稔人は好みうるさそうだしな？
栞はどうだー？ つき合ってくれって男のコはいないのかー？
え…
栞に
いいよる男？
ひやりっ
どこの馬の骨だ……？
い…
いいか栞 変な男にいいよられたらすぐ俺に言うんだぞ.
栞はおとなしいからな.
つけあがる前に俺がキッパリ断ってやる
う…うん.
秋月家の場合. 娘さんを欲しい時通らねばならない関門は父ではなく兄だった
しかもムチャクチャ難関だ
兄兼舅
断んなくたってー
ダメだ
栞はかわいいんだから
ほっといたらどんな

プリズム《プリズム》

この本を読んでのご意見、ご感想などをお寄せください。
篠野 碧先生・みずき健先生へのはげましのおたよりもお待ちしております。
〒113-0024 東京都文京区西片2-19-18 新書館
[編集部へのご意見・ご感想] ディアプラス編集部「プリズム」係
[先生方へのおたより] ディアプラス編集部気付 ○○先生

初　出
プリズム：小説DEAR+ Vol.5 (2000)
リフレクター：書き下ろし

新書館ディアプラス文庫

著者：**篠野 碧** [ささや・みどり]
初版発行：**2001年 8月25日**

発行所：株式会社**新書館**
[編集] 〒113-0024 東京都文京区西片2-19-18 電話(03)3811-2631
[営業] 〒174-0043 東京都板橋区坂下1-22-14 電話(03)5970-3840
[URL] http://www.shinshokan.co.jp/
印刷・製本：**図書印刷株式会社**

ISBN4-403-52048-0

DEAR+ CHALLENGE SCHOOL

<ディアプラス小説大賞>

募集中！

◆賞と賞金◆

大賞◆30万円

佳作◆10万円

◆内容◆

BOY'S LOVEをテーマとした、ストーリー中心のエンターテインメント小説。ただし、商業誌未発表の作品に限ります。

◇批評文はお送りいたしません。

◇応募封筒の裏に、**【タイトル、ページ数、ペンネーム、住所、氏名、年令、性別、電話番号、作品のテーマ、投稿歴、好きな作家、学校名または勤務先】**を明記した紙を貼って送ってください。

◆ページ数◆

400字詰め原稿用紙100枚以内（鉛筆書きは不可）。ワープロ原稿の場合は一枚20字×20行のタテ書きでお願いします。原稿にはノンブル（通し番号）をふり、右上をひもなどでとじてください。

なお原稿には作品のあらすじを400字以内で必ず添付してください。

小説の応募作品は返却いたしません。必要な方はコピーをとってください。

◆しめきり◆

年2回　**3月31日/9月30日**（必着）

◆発表◆

3月31日締切分…ディアプラス9月号（8月6日発売）誌上

9月30日締切分…ディアプラス3月号（2月6日発売）誌上

◆あて先◆

〒113-0024　東京都文京区西片2-19-18

株式会社　新書館

ディアプラスチャレンジスクール<小説部門>係